幻想古書店で珈琲を

それぞれの逡巡

蒼月海里

ハルキ文庫

角川春樹事務所

幻想古書店で珈琲を

それぞれの逡巡

I'll have coffee at
an illusion old bookstore.
Kairi Aotsuki

人物紹介

亜門　あもん

古書店「止まり木」の店主。
本や人との「縁《えん》」を紡ぐ。
魔法使いを自称する悪魔。

名取 司　なとりつかさ

ひょんなことから不思議な
古書店「止まり木」で働く
ことになる。

三谷太一　みたにたいち

新刊書店で働くアルバイ
ト書店員。司の友人。

コバルト

鮮やかな青髪で、派手
な身なり。
亜門の友人で、魔神。

アザリア

強大な力を持つ「大天使ラファエル」。風音の上司。

アスモデウス

亜門の友人で、「止まり木」の常連。頭に羊と牛の角を持つ魔神。

風音《かざね》

ノルマを気にしすぎる天使。トーキョー支部所属、階級は「エンジェル」。

イラスト／六七質

店内に、珈琲《コーヒー》の芳香が漂う。

眼鏡をかけた猛禽《もうきん》の瞳《ひとみ》の店主と、青薔薇《あおばら》をあしらった派手な帽子を被《かぶ》った客人が、同じ卓で珈琲を飲んでいた。

「ツカサは、今日はいないのか」

客人――コバルトは問う。

「定休日ですな」と店主――亜門《あもん》は答えた。

「なんだ、つまらないな。ツカサの屋敷まで赴いてやろうか」

「交通機関を利用するのであれば、日本円が必要ですぞ。徒歩で行くのならば、数時間かかります。それに、偶《たま》には彼を休ませてやって下さい。朝早く来ては、夜遅くまで働いてくれますからな」

「まあ、ツカサにとって居心地のいい場所だしな」

コバルトは珈琲を啜《すす》りながら、その気持ちが分かると言わんばかりに頷《うなず》く。

「そうであればいいのですが……」と亜門は苦笑した。

「ところで、コバルト殿」

亜門は珈琲を一口含むと、話題を切り替えた。

「どうしたんだ？」

「私が何か突拍子も無いこと――例えば、いきなり、絵画を描《か》き始めると申し出たら、どう思いますか?」

亜門に問われた途端、コバルトは目を輝かせた。

「面白そうじゃないか! 是非見せたまえ!」

身を乗り出し、浮かれた声を響かせる。だが、唐突に冷静な表情になったかと思うと、静かに腰を下ろす。

「――とは思うが、心配もするな。言語化出来ない気持ちを表に出したい時に、絵を描いたり物語を書いたりしたがる者もいると聞いたことがあるし」

「……やはり、そうですか」と亜門は視線を落とす。

「因《ちな》みに、絵画をやるというのは?」

「それは例え話です」

ぴしゃりと答える亜門に、コバルトは残念そうに口を尖《とが》らせる。

だが、亜門の目に、そんな様子は映っていなかった。彼の頭の中は、物語を綴《つづ》りたいと言った古き知り合いのことでいっぱいだったのである。

第一話　司、亜門と可能性を考える

珈琲《コーヒー》の残り香がする。

木の虚《うろ》の中にこしらえられたかのような店内で、私はいつも通り、古書店の従業員としての仕事をしていた。

査定を終えて積み上がった本を、指定の場所に差していく。とは言え、決して広くない店内に、びっしりと並べられた本棚の中の、ぎっしりと詰められた本を掻《か》き分けて差し込む作業は、意外と大変だった。

何せ相手は古書なので、丁寧に扱ってやらなくてはならない。それに加え、ハードカバーだったり、分厚かったりして重いものがほとんどだ。

(書店員は腰を悪くするっていう三谷《みたに》の話、実感しちゃうよな……)

友人の三谷は、大きな新刊書店の書店員をしている。私に比べて扱う本も多く、仕事も多種に亘《わた》る。比べては失礼かもしれないが。

(しかも、うちは雇用主が甘やかして来るから……)

棚の最上段は、私の背丈では届かない。だが、踏み台を持ってくる前に、店主が私の代わりに棚へと差してくれる。

最早《もはや》、何のための従業員だか、よく分からない。

だが、そんな店主も、今は奥の指定席にはいなかった。心地よさそうな革のソファは、主人の不在を寂しがっているようにも見えた。

（亜門が書庫にいるうちに、仕事を終えてしまおう……）

書庫に繋《つな》がる奥の扉を一瞥《いちべつ》し、私は仕事に戻る。せめて、少しでも従業員らしくしたいものだ。

そう思った時、扉がギィと鳴った。

反射的に振り返る。すると、入り口の扉から、女性が顔を出しているではないか。

私よりも少し年上のその女性は、肩まである髪を揺らしながら、きょろきょろと店内を見回している。まるで、こんなところに店があるなんて思わなかったと言わんばかりに。

「えっと、いらっしゃいませ……！」

本を傍らのテーブルに置き、女性客を迎える。相手の表情に漂っていた緊張感が、少しだけほぐれた。身ぎれいにしているが、あまり着飾っておらず地味な印象だ。

「素敵なお店ですね。入っても大丈夫ですか？」と女性は目を輝かせる。

「あ、はい、どうぞ。でも……」

「でも？」

女性は首を傾《かし》げる。私は、しどろもどろに続けた。

「すいません。ちょっと、店主が席を外しておりまして……。少々お待ち頂いても、よろしいでしょうか？」

「あ、いえ。休憩時間中でしたかね。出直しますよ」

女性はそう気遣ってくれる。はきはきとした物言いの人だった。

だけど、ここで帰すのは気が引ける。折角来たお客さんであると同時に、彼女は心に悩みを抱えた人だからだ。

この古書店〝止まり木〟の珈琲の香りに惹《ひ》かれてやって来る人々は、何らかの縁が切れているか、切れそうかのどちらかだ。それを放っておくわけには行かない。

「大丈夫です。むしろその、えっと……暇をしてたから、店主が席を外して別の用を済ませに行っちゃったというか……」

それらしい言葉を並べようとするものの、あまり上手《うま》く行かない。そもそも、取り繕う時に相手の目が見られないので、露骨にそらすこととなってしまった。

だが、「はぁ、成程……」と女性は納得する。他に客がいないことが幸いしたか。

「じゃあ、少しだけ待たせて貰《もら》いますね。そこまで長居は出来ないんですけど……」

「わ、分かりました！　少々お待ちくださいませ！」

書庫に亜門を呼びに行かなくては。それとも、彼が来客を感知して、やって来るのを待った方が良いだろうか。

（いやいや。その前にお冷を出さなきゃ）

カウンターの奥に小走りで向かうと、店内の明かりを反射するコップを引っ掴《つか》み、氷をそろりそろりと入れる。水をこぼさぬように注《つ》ぎ、席に着く女性の前にそっと置いた。

「ブックカフェですかね。新しく開店したんですか？」

女性は店内を見回しながら尋ねる。私は答えに詰まってしまった。

「メインは古書店というか……、長いことやってるというか……」

「えっ、そうだったんですか？　よく来るのに、どうして気付かなかったんだろう……」

「め、目立たないところにあるんで」

「看板でも出した方が良いんじゃないですか？　折角、こんなに素敵なのに」

女性は親切にそう提案してくれるが、亜門は勝手に店を開いてしまっているので、まず、新刊書店のビルの管理人か店長がすっ飛んで来るだろう。警察沙汰《ざた》にでもなったら、それこそ大変だ。まあ、尤《もっと》も、入り口は限られた人間にしか見えないのだが。

「か、隠れ家的な雰囲気を大事にしているというか……」

嘘《うそ》が下手な私は、すぐにでも亜門を呼びに行きたかったが、客を放《ほう》り出すわけには行かない。早く来てくれと本人に祈りながら、女性には笑顔を向け続けた。

「成程、隠れ家的な雰囲気。確かにそうですね！　本屋さんの奥にひっそりと開かれた、珈琲の香りが漂う古書店。そこに勤務する、控えめでちょっと気弱そうなイケメン。何だか、ラブストーリーが生まれそうな場所ですね！」

女性は一人で盛り上がる。

控えめでちょっと気弱そうなイケメンのくだりで、明らかに私を見つめていたのだが、自分のことだと思うのは自意識過剰だろうか。イケメン枠に入れて頂けるのは恐縮だが、気弱というのはうっすらと傷つく。

「でも、古書店がこんなところにもあることが知れて良かった。今日も丁度、仕事の資料を探しに来たんです」

「お仕事の、資料……？」

「先生が探しているものがあって……」

彼女は苦笑まじりにそうこぼす。

その言葉で、ピンとくるものがあった。

「もしかして、出版社の編集さんとか……ですかね？」

「あ、そうです。見つからない本がある時は、取り敢《あ》えずは、神保町《じんぼうちょう》の書店に行けば何とかなると思って」

「ああ、分かります……」

何せ、神保町には書店が溢《あふ》れている。

新刊書店も古書店も、少し歩いただけで何軒も目にすることが出来るという特殊な場所だ。しかも、古書は特定のジャンルに特化した店もあれば、江戸時代のものまで扱っている店もあるという。今の時代は、インターネットで何でも調べられると思いがちだが、古書が溢れるこの街は、電子化されていない情報の宝庫であった。

「因《ちな》みに、どんな本を探しているんですか？」

うちも、店主の道楽に近いとは言え、古書店を名乗っている身だ。何か力になれるかもしれない。

「中世ヨーロッパのインテリアについて書かれた本ですね。出来るだけ、文章による説明が多いものが良いんですけど」

「中世ヨーロッパ……」

思った以上の難易度かもしれない。世界史をそこまで真面目《まじめ》に勉強していなかった私は、漠然とした中世ヨーロッパのイメージしか思い浮かばなかった。

「どうでしょう……。うちには洋書もあるし、もしかしたら……？」

「すいません……。日本語の解説が欲しいんです……」

「ああ、ですよね……」

これは完全に、亜門の領域だ。彼ならばその時代を実際に見て来ただろうし、本を探し当てた上で、普通の人ならば知り得ない情報も付け加えてくれそうだが。

「その先生って、中世ヨーロッパを舞台にした、歴史小説を書いてるんですか……？」

私は遠慮がちに問う。すると、女性は「詳しくは言えないんですけど」と前置きをしてこう言った。

「中世ヨーロッパを舞台にした、恋愛小説ですね」

「あ、なるほど。あの辺の時代って、華やかですけど、身分やら家柄やらが面倒くさそうですもんね。政略結婚が多くて、恋愛も自由に出来なそうだし、その辺を題材にした小説なんですか？」

それらの困難を乗り越えようとする話なんだろうか。古典文学でもそれらがテーマになるので、恋愛小説にあまり馴染《なじ》みが無い私も、少しだけイメージが浮かんだ。

「それに近い気もしないでもないんですけど」と女性は言い淀《よど》む。

「へ？」

「どちらかと言うと、愛情の無い政略結婚をしたはずが、夜を重ねるごとに愛と熱に目覚めていく話ですね。で、後半の内容がメインです」

「あっ、ハイ」

女性が、開き直ったように真《ま》っ直《す》ぐな眼差《まなざ》しをするので、私は虚空を見つめてしまった。どうやら、女性向けのロマンス小説だったらしい。私の興味の外どころか、外宇宙の話だった。

「で、でも、メインがそういうものならば、本格的な資料は要らないのでは……」

「いいえ。細部も作り込まないと、読者が夢から醒《さ》めちゃいますからね。作る側は、そこを怠ってはいけないんです！」

女性は、ぐっと拳《こぶし》を握る。「そ、そうですか」としか返せなかった。

「うーん。それだったら、店主を呼んで来ますよ。きっと彼の方が、そういった資料に詳しいですし」

気は進まないが、ここは亜門の力を借りよう。出来れば、資料探しくらいは、私一人で解決出来たら良かったのだが。

私が踵《きびす》を返そうとした、その時だった。

「――吾輩《わがはい》が探していた姫君が、魔法使いの隠れ家にやって来るとは、これは僥倖《ぎょうこう》だ」

ねっとりと絡みつくような声が、高らかに響き渡る。聞き覚えのある声に、血の気が引くのが分かった。

「あ、あ……」

アスモデウスさん、と名前を呼ぶのを何とかこらえる。

入り口にいつの間にか佇《たたず》んでいたのは、中折れ帽を被《かぶ》ったダンディな魔神、アスモデウスだった。

状況が呑《の》み込めない女性は、私達をキョトンとした顔で見つめている。

「お初にお目にかかる。吾輩は、地獄帝国の王の一人、アスモデウス。君の名を、教えて貰ってもよろしいかな？」

アスモデウスはそう言って、女性に歩み寄る。

「ちょ、ちょっと待ってください……！」

私はふたりの間に割って入った。そして、アスモデウスに耳打ちをする。

「な、なに名乗ってるんですか。普通の人からしてみたら、地獄帝国のなんちゃらなんて、正気を疑われますよ……！」

「疑われるのならば、証拠を見せるまで。吾輩には何のやましいこともない。そう思わないかな、ツカサ君」

「敢えて言うなら、存在そのものがやましいのでは……！」

生まれながらにして魔神というのならば、堂々とお天道様の下を歩ける存在ではないはずだ。あまりそこを指摘したくはなかったが、ここまで開き直られると、指摘せざるを得ない。

「まあ、部外者の君は引っ込んでいたまえ」

アスモデウスの大きな手に肩を摑まれたかと思うと、軽々とどかされてしまった。まるで自分が紙にでもなったかのように、あっさりと。

「で、君の名前を教えて貰えないかな？」

アスモデウスは、女性に迫る。

女性は黙ってアスモデウスを見つめていた。警戒しているのだろうか。

だが、私の予想に反して、彼女が見開いた瞳《ひとみ》は、輝き始めた。

「わー！　なんて面白いシチュエーション！　アスモデウスって言ったら、七つの大罪の一つを司《つかさど》る大悪魔じゃない！　チョイワルでダンディなところは、イメージにぴったり！」

女性はアスモデウスのことを、びしっと指さした。流石《さすが》のアスモデウスも、彼女の勢いには目を丸くする。

「これは、吾輩を称《たた》えているということかな……？」と私に振って来る。だが、女性の言葉には続きがあった。

「これも、この店のサービスなんですか？」

「いえ……」

私は辛うじて、首を横に振る。「本物だと思われてませんよ」と、アスモデウスには小声で言葉を投げておいた。アスモデウスは帽子に手をかけるものの、私は「きっと、コスプレだと思われますよ」とやんわりと止める。

すっかりペースを乱されたアスモデウスは、咳払《せきばら》いを一つして気を取り直した。

「まあ、吾輩のことはさて置き、君の名を聞いても？」

「あっ、私は小倉《おぐら》です」

彼女はあっさりと名乗る。何故《なぜ》か、バッグから取り出した手帳に、必死に何かをメモしながら。

「結構。さて、聞くところによると、君はどうやら出版社に勤務していて、編集者をしているということだが――」

「ええ、まあ」

彼女は生返事だ。メモを取るのに必死らしい。今のシチュエーションをメモして、作家にネタの提供でもするつもりなんだろうか。

アスモデウスは膝《ひざ》を折ると、そんな彼女の顔を覗《のぞ》き込むようにこう言った。

「それを知った上で、吾輩に提案がある。魔法使いの巣ではなく、もっと話し合いに相応《ふさわ》しい場所へ招待しよう」

「へ？」

私と小倉さんの声が重なる。だが、返答をすることなく、アスモデウスは彼女の手をとって立ち上がらせたかと思うと、ひょいと抱きかかえてしまった。

「ちょ、ちょっと、私は資料を……！」

小倉さんは手足をばたつかせる。だが、彼女をお姫様抱っこしたアスモデウスの両腕は、微動だにしなかった。

「あ、アスモデウスさん！」

私は慌てて止めようとする。

だが、こちらを振り返ったアスモデウスの眼差しが、逆に私の足を止めさせた。鋭い視線に込められたのは、殺気だろうか。足が止まったのは、すくんでしまったからだろうか。もう一歩踏み込めば、アスモデウスに排除されそうな気がして、動けなかった。

そんな私を満足そうに眺めると、アスモデウスはこう言った。

「では、ツカサ。彼女は吾輩が頂いて行く。君の友人には、そう伝えておいてくれたまえ」

アスモデウスは口角を吊《つ》り上げて笑うと、小倉さんを抱いたまま〝止まり木〟を出て行ってしまった。

後に残されたのは、お冷が入ったコップと、ぽかんと突っ立っている私だけだった。

「って、いやいや！　それ、人さらいですから！　誘拐ですからー！」

私は思わず、アスモデウスの後を追う。亜門を急いで呼びに行くなどということは、頭からすっかり消え失せ《う》ていたのであった。

〝止まり木〟から新刊書店に出ると、私達――いや、アスモデウスと小倉さんは注目を一身に浴びていた。

当たり前だ。大人の女性がお姫様抱っこをされているという状況は、なかなかお目にかかれないだろう。

アスモデウスは、どうしてそんなに軽々と運べるのか。その腕に抱えられた女性は、どうしてそんな状況に陥ったのか。そして、その後ろをこそこそとついて行く私は、いったい何者なのか。

（まあ、僕は眼中にないかもしれないけど……）

アスモデウスの邪魔をするのも気が引けるし、かと言って、放置するわけにもいかない。

私は事態を見届けるために、従者のごとく、ひょこひょこと後をついて行く。

アスモデウスはそのままエスカレーターを歩いて下り、新刊書店の神保町口から出て行く。警備員が不思議そうな顔で見ていたが、今は気にしている余裕はない。

一体、何処《どこ》まで行くのだろう。あまり、人気《ひとけ》のあるところへ行かなければいいのだが。

そして、新刊書店から離れなければいいのだが。

そんな心配も杞憂《きゆう》で、アスモデウスはすぐ傍《そば》の路地裏で足を止めた。

やって来たのは近所の喫茶店だった。煉瓦《れんが》造りの建物が印象的な、〝ミロンガ・ヌオーバ〟という店だ。

扉を開けると、止まり木に似た雰囲気の店内が、私達を迎える。木造の温かみがある内装で、所々に本が並べられている。かと思えば、壁一面の棚に缶ビールや瓶ビールなども置いてあった。レトロな音楽が店内を満たし、座席ではゆっくりと読書をしている客もいる。

そんな中、私達はなかなかの珍客だっただろう。「いらっしゃいま……せ」とスタッフの表情が引きつっていた。

「こちらのお席にどうぞ」

案内されたのは、四人席だった。

アスモデウスは、小倉さんを上座に座らせる。黙っているのでぐったりとしているかと思いきや、必死にペンを動かしてメモをしていた。

「お姫様抱っこって意外と揺れるのね。ああ、私じゃなくて先生が体験してくれれば良かったのに。この感じ、伝えられるかなぁ……」

実に仕事熱心な彼女を遠い目で見ていた私だが、アスモデウスに席を勧められる。

「ほら、ツカサも座るんだ。折角、お伴《とも》をしてくれたのだから、吾輩は歓迎しよう」

「はあ、どうも……」

いつの間にか、お伴になっていたらしい。敵視されるよりは良いかと妥協しつつ、私は素直に、下座へと座る。

全員が席に着いたところで、小倉さんはようやくペンを止めた。

「って、いやいや！　私は資料を探しに行ったのに！　お姫様抱っこをされながらさらわれに行ったんじゃないんだって！」

だが、アスモデウスは余裕の表情だ。

「そんなもの、吾輩が幾らでもくれてやろうじゃないか。吾輩の手にかかれば、本だろうが領地だろうが、思いのままさ」

本と領地を一緒にしていいものなんだろうか。

いや、それよりも、私はこのままでいいのだろうか。

（ここならば、〝止まり木〟からも近いし、亜門も来てくれそうな気もするけれど……）

いっそのこと、ヘンゼルとグレーテルのように、パンくずでも落としておいた方が良かっただろうか。いや、そんなことをしたら鳩《はと》どころか近所の鴉《からす》がやって来て、神保町の人々を困らせるかもしれない。

「――さて。吾輩の話をする前に、ミス・オグラの話を聞きたいものだね」

アスモデウスは、勝手に三人分の珈琲をオーダーしながらそう言った。

「私の話……ですか？」

小倉さんは、きょとんとしている。

「何やら、悩みごとがあるのではないかと思ってね。例えば――、縁が切れそうなことや、縁が切れてしまったことがあるとか」

アスモデウスにそう言い当てられ、小倉さんはハッとした。現実に引き戻されたような顔だった。

「吾輩は、そういったことに敏感でね」

〝止まり木〟の性質を利用したのか、本当にそうなのか、私には分からなかった。だが、その場の空気が変わったのだけは、間違いが無かった。

「あなたは、自分を地獄帝国の王だって言いましたよね……」

「王の一人だがね。あの場所は広いから、地域によって治める者が違う」

「そう……なんですね」

小倉さんは、真面目な顔で相槌《あいづち》を打つ。本当に信じてしまったのかどうかは分からないが、相手がただならぬものだということは確信したようだ。

「私の悩みを知って、あなたはどうするつもりなんですか？」

「さあ？　それは、悩み次第というところかな。まあ、取って食うつもりはないさ。食人の嗜好《しこう》は無くてね」

アスモデウスが言うと、妙にリアリティがある。私のそんな思考を読み取ったのか、アスモデウスはこちらをチラリと見やると、こう言った。

「まあ、仮に食べるとしても、ツカサなんかは肉付きが良くない。骨を出汁《だし》にしてスープにするのが良いだろう」

「本当に、食人の嗜好は無いんですよね……？」

あまりにも具体的な提案に、私は心底震える。しかも、哀《かな》しいことに鶏《とり》がら扱いである。

「なぁに、今は無いさ」

アスモデウスは意味深に笑った。「今は」という断りは聞かないことにした。「で、スープの話題はさて置き」とアスモデウスが話を切り替える。永遠に忘れておいて下さい、と心の中で念じた。

「今は、君の悩みごとだ」

小倉さんに視線が集まる。彼女はうつむくようにして黙っていたが、やがて、重い口を開いた。

「その、独り言だと思って、聞き流して下さい」

彼女はそう前置きをする。周囲を気遣うように、声を抑えながら話し始めた。

「彼にはさっき、少しだけ話したんですけど」と私の方を窺《うかが》う。

「最近になって、今の先生の担当になったんです」

「中世ヨーロッパの資料が必要な先生のことですか？」

私が尋ねると、彼女は頷《うなず》いた。

曰《いわ》く、どうやらその作家は、プロとしてデビューをしたもののヒット作が出ていないのだという。だが、小倉さんはそんな作家に、一緒に仕事をしないかと声を掛けたのである。

「ヒットしていないってことは、売れていないってことですよね。それなのに、どうして声を……？」

私はつい、尋ねてしまった。すると、小倉さんは難しい顔をする。

「その人の作品に、光るものを見つけたからです。まだ粗削りなところはあるけれど、光るものを磨けばとっても良くなるはず。だけど、問題があって……」

「問題？」

私とアスモデウスは、首を傾げる。

「ええ。早速、新作のプロットを貰ったんですけど、その……もう少し頑張れそうな出来で……」

プロットというのは、小説の骨組みのことを言うのだという。小説家はまず、大体こんな風に書くという骨組みを担当編集者に提出するというのが、一般的な執筆の流れだそうだ。

「成程。君の期待にそえず、不出来だったということか」

アスモデウスはえぐるような言葉を放ちながらも、相槌を打つように何度か頷く。

「それならば、話を無かったことにすればいい。違うかな？」

アスモデウスの言葉に、「いいえ」と小倉さんは答えた。

「そんなの、編集者としての仕事を放棄したようなものですから、論外です。プロットのところどころに改善の余地があったけれど、やっぱり光るものがあったんです。シチュエーション作りは、本当に上手くて……」

「まあ、そういう小説だと、そういうのは大事ですよね……」

多分、と私は曖昧《あいまい》に同意する。彼女の担当作家が書いているような小説を読んだことが無いので、仕方がない。

「でも、台詞《せりふ》回しがあまり得意ではないんですよね。プロットの中に幾つか盛り込んでくれましたけど、どれも昭和のトレンディドラマみたいな感じで……」

小倉さんは申し訳なさそうに眉尻《まゆじり》を下げる。

「ショーワのトレンディドラマ？」

アスモデウスは、当たり前のように首を傾げる。むしろ、これは分かってしまったら驚きだった。

「古くさいとか、使い古されたって感じなのかもしれませんね。僕はその人の作品を読んだことが無いから、予想ですけど……」

「概ね、間違ってないです……」

小倉さんは、小さな声でそう言った。

「千回くらい使われてそうな台詞を、この台詞をどうしても言わせたいって、豪語された時には、もう、どうしようかと……」

「使い古された台詞って、作品の個性を殺しちゃいそうですね」

「そうなんですよね。だから、もうちょっと捻《ひね》った方がいいと思うんですよ。それも、小手先だけの技術じゃなくて、それこそ、同じシチュエーションで台詞を何通りか作って練習すれば、伸びると思うんですけど……」

「けど？」とアスモデウスは鋭く問う。小倉さんは、小さな溜息《ためいき》を吐《つ》いた。

「先生は、とてもプライドが高いんです。それこそ、アドバイスすら嫌がるっていう感じで……」

小倉さんは、もう一度溜息を吐く。

「アドバイスすら嫌がるって、もう、編集者が口を出せる領域ではないのでは……」

私は、遠慮がちに割り込んだ。

「そうなんです」と小倉さんはぐったりとした表情で答える。

「デビュー作やそれ以降も、担当編集者とのいざこざが原因で、上手く行ってなかったみたいで……。最初はまさかと思ったけど、実際会ってみると、こう……」

小倉さんは言い淀む。そこは、噂《うわさ》通りだったのだろう。

「ふぅむ」とアスモデウスは顎《あご》を擦《さす》った。

「やはり、その小説家に反発されるのが恐ろしいのかな？」

「いいえ！」

小倉さんは、何の躊躇《ためら》いもなく否定した。勢いのままに腰を浮かしてしまったのを、慌てて座り直す。

「私が何と言われようと、私が耐えればいいだけですから。でも、その所為《せい》で、相手の良さを消してしまうかもしれないと思うと、恐ろしくて……」

「相手の良さを消す……？　でも、小倉さんは、小説が良くなるようにアドバイスをするんですよね。もし聞き入れて貰えなくても、悪いところがそのままになって、良いところには影響がないのでは……？」

私がそう言うと、「分かってないな、ツカサ君は」とアスモデウスは指を振った。

「プライドが変に高い者ならば、相手に対して反発心を持つはずだ。そこにばかり気を取られて、本来の良さを発揮出来ないこともあるだろうさ」

「そ、そういうものですかね……」

「気弱な者が叱《しか》られたことによって、萎縮《いしゅく》して何も出来なくなるというパターンにも近い」

「あっ、それはちょっと分かるかも」

納得してから、我ながら情けないと思ってしまった。気が強い者の気持ちが分からず、気の弱い者に共感してしまうとは。

「とにかく、このような理由で、思い悩んでいたということかな？」

アスモデウスに問われ、小倉さんは無言で頷く。

確かに、難しい問題だ。

作家は、売れなければ仕事が減っていくと聞いたことがある。件《くだん》の作家も、ヒット作が出ないままでは、いずれ仕事を失ってしまうだろう。

だが、小倉さんがアドバイスをしても、聞き入れて貰える可能性は低い。それどころか、関係が悪化する可能性もあった。

小倉さんは迷っていた。助言すべきか、それとも、このまま流れに任せてみるべきか。いずれにせよ、事態が好転しなければ、縁は近いうちに失われてしまうだろう。

私も、小倉さんとともに考え込む。そこに割り込むように、アスモデウスが咳払いをした。

「ふむ。淑女の助言を聞かないなど、笑止千万。相手はこのように思い詰めているというのに、己の我儘《わがまま》を通そうとする」

小倉さんはうつむく。そんな彼女の細い顎を、アスモデウスの大きな手がすくった。

キョトンとして見上げる小倉さんを、アスモデウスはじっと見つめる。そして、とんでもないことを言い出した。

「そのような我儘な小説家など放って置けばいい。その代わり、吾輩の担当編集者になりたまえ」

「へ?」と小倉さんは口を半開きにする。

「ええええっ」と私は声をあげる。

「吾輩ならば、いかなる助言にも耳を傾けよう。そして、望むものは何でも与えよう。宝石だろうがウェブマネーだろうが、ビットコインだろうが思いのままさ」

地獄帝国の王の一人は、仮想通貨にまで手を出していたらしい。

「えっと、こんな感じで、ちょっとシュールさを出した方がいいとアドバイスすればいいんですかね……？」

小倉さんは、目を瞬《しばた》いていた。

気のせいだろうか。まんざらでもないのか、頰《ほお》もほんのりと赤くなっていた。

アスモデウスは、彼女をじっと見つめながらこう言った。

「いいや、吾輩は本気さ。君は、吾輩の担当編集者になるべくして、魔法使いの巣にやって来たわけだ」

アスモデウスはずいっと迫る。

「だ、だめです！」

小倉さんは、慌てて手を振りほどいた。彼女は、耳まで真っ赤になっていた。

「その、あなたは――アスモデウスさんは、プロデビューを目指している方ということですかね……」

「その通り」とアスモデウスは頷く。

「その……新人賞に応募した方がいいと思いますよ。応募作はちゃんと、プロの編集者が読みますし」

「ここに編集者がいるというのに、みすみす逃すわけにいかなくてね」

台詞が完全に悪役のそれである。

そんな中、私達のテーブルに三人分の珈琲が運ばれてくる。だが、口をつけている余裕はなかった。

小倉さんは顔を扇《あお》いで熱を冷まし、何とか気を取り直して尋ねた。

「因みに、作品はあるんですか?」

「ある」

小倉さんの質問に、アスモデウスは即答だった。彼は携帯端末を取り出し、軽く操作をしただけですぐ、小倉さんに渡す。

「データは普段から持っていてね。それが、吾輩の小説だ」

私は気になったので、小倉さんの後ろから覗き込む。

旧《ふる》い言語で書いてあるというオチかと思いきや、日本語であった。パッと見た限りでは、小説の体を成しているようにも見える。

だが、小倉さんが何枚頁《ページ》をめくっても、一向に終わりは見えてこない。彼女はフリックするのをやめ、アスモデウスに問う。

「この小説、四百字詰めの原稿用紙何枚分ですかね……?」

「千二十五枚分だ」と、アスモデウスは淀みなく答えた。

「せんにじゅうご⁉」

小倉さんと私の声が裏返る。

通常であれば、本一冊につき二百五十から三百枚ほどだ。千二十五となると――。

「大長編じゃないですか……」

小倉さんは、そっと端末をアスモデウスに返す。

「ん？　読まないのか？」

「よ、読めませんよ、こんなところで……！　長時間、席に居座ることになるじゃないですか」

「ふむ。それでは、場所を移動しようか」

アスモデウスは、小倉さんをエスコートしようと手を差し出す。だが、小倉さんは首を横に振った。

「ざっと拝見させて頂いた限りだと、この小説は恋愛小説のようですが――」

「ああ」とアスモデウスは頷く。流石は小倉さん。頁をめくっていただけではなく、ちゃんと読んでいたのか。

「誰に向けて書かれた小説なんですか？」

「誰に、とは？」

小倉さんの質問に、アスモデウスが首を傾げる。

「特定の読者を意識して書いているわけではないんですね？」

「敢えて言うのならば、生きとし生けるものへの問いとも言えよう。吾輩が積年思って来たことが、この物語の中に集約されている。吾輩は、この物語を読んだ者達が出した、答えを知りたい」

アスモデウスは、椅子《いす》に深く座ってゆったりと答える。正しく、王の風格だ。

だが、威厳溢れるそれに、小倉さんは難しい顔をしただけだった。

「実に高尚で——結構だと思います。でも、あなたが欲する答えを得るには、もっと工夫が必要なんです」

「ほう？」とアスモデウスの片眉が吊り上がる。

「どういうことか、ご教授願えるかな」

アスモデウスの口調は、飽くまでも穏やかなままだった。だが、見えない威圧感が、空気をピリピリと張りつめさせる。小倉さんは目の前にある珈琲を口に含むと、若干気圧《けお》されながらも、毅然《きぜん》とした態度で臨んだ。

「今の時代は、娯楽が多様化しています。今まで暇つぶしに読書をしていた人の一部は、もっと簡単で安く暇つぶしが出来る方へと流れてしまっていると、私は思っています」

小倉さんは、アスモデウスの携帯端末を苦々しげに見つめる。

確かに、私が幼い頃《ころ》は、電車の中で新聞や本を読んでいる人が多かった気がするが、今は携帯端末を弄《いじ》って別のことをしている人の方が圧倒的に多い。

「本が売れ難《にく》くなっている今、本を売ることに多大なる努力が求められています。より、消費者の心を摑み、選んで貰えるようにする努力が」

小倉さんは、それほど大きくない拳をきゅっと握りしめた。

「そのためにも、どんな人に向けた作品なのかをちゃんと明確にして、その人達に届けられるように私達が装丁を考えたり、販売戦略を考えたりします。そうして、みんなが同じ方向へと走ることが必要不可欠なんです」

「小倉さんの担当している作家さんの作品も、そうなんですよね？」

私はそっと口を挟む。小倉さんは、迷わずに頷いた。

「ロマンスを求める女性に向けた作品ですからね。本を開けば、誰でもお姫様になれるというコンセプトです」

彼女は自信に満ちていた。だから、中世ヨーロッパにこだわっていたのか。

「しかし、売れた方が良いに越したことはないが、吾輩は読者の答えが知りたいだけだからな。そこまで売ることにこだわりは――」

アスモデウスはそう言いかけるものの、思わず口を噤《つぐ》んだ。捲《まく》し立てるように話していた小倉さんが、急に黙り込んだからだ。

「どうしたのかな？」

「……こ、こんなことを見ず知らずの方に申し上げるのは恐縮なんですけど」

そう前置きをしつつも、小倉さんは続けた。

「作品には、作品に関《かか》わった人達の命運がかかっているんです。まあ、小説に限らず、全《すべ》てにおいてそうだとは思いますが」

「ふむ」とアスモデウスは興味深げに相槌を打つ。

「売れればそれだけ皆が幸せになり、売れなければそれだけ皆が不幸になります。本に書かれているのは、著者名と装画担当や装丁担当、発行者の名前くらいですが、名前が書かれない多くの人が関わっているんです」

感情を押し殺すように、小倉さんはそう答えた。

そうか。私の友人の三谷もまた、関わっている人物の一人だ。書店で本が売れれば、それだけ書店は潤い、人を新たに雇って彼らの仕事を楽にしたり、彼らの給料を上げて彼らの生活を楽にしたりといったことが出来る。だが、本が売れなければ書店は元気がなくなり、人件費の削減によって人を減らされ、仕事が忙しくなったり、他のひどいことが起こったりするかもしれない。

出版社だろうが印刷所だろうが、取次だろうが、他の私の知らない本に関わる人達全てに、同じことが言えるのではないだろうか。

「作品は、作家だけのものじゃない……」

私は思わず、そう呟《つぶや》く。小倉さんはハッとして、「す、すいません」と頭を下げた。

「出過ぎたことを言いましたね。ごめんなさい。忘れてください……」

「いえいえ。僕も、目からうろ――いや、色々と気付かされましたよ」

目から鱗《うろこ》が落ちるという言葉は、アスモデウスの因縁の相手たるアザリアが関わっていた言葉だと思い出し、慌てて訂正する。

その肝心なアスモデウスは、冷水を浴びたような顔をして黙っていた。

「話がそれましたね。失礼を承知で、もう一度聞きます」

そんなアスモデウスに、小倉さんは先ほどよりも遠慮がちに、だが、それでもはっきりとこう尋ねた。

「あなたの物語は、誰に向けた物語ですか？　生きている人達という漠然としたものではなく、この物語を届けたい誰かは、思い浮かびますか？」

「物語を届けたい相手……」

アスモデウスの動揺が露《あら》わになる。全く想定していなかったと言わんばかりだ。彼の中に、誰かに向かって物語を紡ぐという想《おも》いは無かったのだろうか。

そんなところに、「失礼」と第三者の声が割り込んだ。

「お取込み中のところ、申し訳御座いません。そろそろ、そちらのご婦人を解放して差し上げてはいかがですかな？」

突如飛び込んできた聞き慣れた声に、私達は振り返る。すると、私達の席のすぐ近くに、見慣れた人物が立っていた。

「あ、亜門、いつの間に！」

「少し前からいたのですが、ここまで悟られないとは思いませんでしたな」

亜門は苦笑する。

こちらも、まさか長身の紳士の存在に気付けないとは思いもしなかった。それだけ、話に夢中になっていたのだろう。

「さて。こちらで長居するわけにもいかないでしょう。一度、私の巣にお戻り頂くことは出来ますかな？」

私は、アスモデウスと小倉さんを見やる。アスモデウスは難しい顔をしたまま頷き、小倉さんもつられるように頷いた。

「結構。ただし、珈琲を飲み干してからの方がよろしいかと。こちらの珈琲も、残すには勿体《もったい》ないほどの美味《おい》しさですからな」

猛禽《もうきん》の瞳の紳士は、そう言って片目をつぶったのであった。

古書店に戻るなり、亜門は申し訳なさそうにこう耳打ちした。

「お客様の気配は察していたのですが、積み上げていた本が崩れてしまいましてな。流石に、本を放置するわけにもいかず、お客様は司君《つかさ》に任せようと思ったわけですが」

「すいません。それなのに、さっぱりお役に立てなくて」

「いいえ」と亜門は微笑《ほほえ》むものの、すぐに頭を抱えた。

「まさか、アスモデウス公がお客様をさらうとは思いませんで」

「僕もです……」

お互いに、小さく溜息を吐く。そのアスモデウスも、我々とともに古書店に戻って来ていた。

亜門は、小倉さんに改めて席を勧める。大まかな事情は、道すがら聞いていた。

「往復させてしまうことになって、申し訳御座いません」

恭《うやうや》しく頭を下げる亜門に、「い、いえ」と言いながらも、小倉さんはメモをしていた。

亜門との出会いも、作家に提供するネタにするつもりなんだろうか。

「お詫《わ》びに、この亜門、一つ物語を読ませて頂いてもよろしいですかな？」

「その、とても興味はあるんですけど、流石に、そろそろ会社に戻らないと……」

彼女は後ろ髪を引かれるように、亜門と出口を交互に見やる。資料探しのために神保町に来たというだけなのだから、ゆっくりもしていられないのだろう。

「それならば、仕方がありません。しかし、お手間は取らせませんぞ。それどころか、あなたの悩みの解決の糸口が垣間見《かいまみ》えるかもしれませんが」

強制はしないと言わんばかりに、亜門はやんわりとそう言った。小倉さんの表情に、迷いが生まれる。

「どうして……」

「どうなさいました？」

「どうして、人の悩みにこだわるんですか？　ここは古書店で、あなたはその店主ですよね。珈琲の他にも、占いをして人生相談に乗っているんですか？」

小倉さんは不思議そうに、亜門の顔を見上げる。だが、亜門は紳士然とした笑みを浮かべたままこう言った。

「この亜門は、ただ、お客様の切れかけた縁を繋ぎたいだけなのです。私は、物語を悲劇で終わらせたくない」

亜門は小倉さんを見つめる。その真摯《しんし》な瞳を、小倉さんもまた見つめ返した。

「悲劇こそ美しい物語もありますが、やはり、登場人物のことを想うと、胸が痛みましてな。ですから、今、正に紡がれている物語は、出来る限りハッピーエンドにしたいのです」

「なんだか、詩的な表現ですね。今までもそうやって、誰かの物語をハッピーエンドにして来たんですか？」

小倉さんに問われ、亜門は古書店の一角を見やる。

そこには、この店に訪れた人達の物語が綴《つづ》られた本が収まっていた。文庫サイズだったり、大きな判でハードカバーだったり、本の仕様はまちまちだったが、そこに綴られているのは全てハッピーエンドだった。

「……そうですな。ですので、あなたの物語も、この、古書店店主兼魔法使いにお任せ頂けますかな？」

「魔法使い……」

小倉さんは復唱する。だが、瞳は胡散臭《うさんくさ》いものを見るそれではなかった。希望と覚悟。それらが混ざったような目で、彼女は静かに頷いたのであった。

亜門が淹《い》れてくれた珈琲の香りが、店内を満たす。珈琲を飲む小倉さんのもとに持って来たのは、〝アンデルセン傑作集〟だった。

「アンデルセン……」と小倉さんと私の声が重なる。

「ご存知かと思いますが、数々の童話を生み出した方ですな。〝人魚姫〟や〝赤い靴〟も、アンデルセンの作品です」

そのいずれも、私が読んだことのある物語だった。

「彼は、貧しい家の出自でしてな。数々の苦労をされたそうです。恋も多かったそうなのですが、アプローチをするのが苦手だったようで、残念ながら、実りはしなかったようですな」

亜門は少し寂しそうな顔でそう言った。

「まあ、彼の恋路のことは、今はさて置き。童話になるような物語は、シンプルでありながらも奥深いものです。時として、自らを映し出す鏡になるでしょうな」

「鏡に、ですか？」

小倉さんの問いに、「左様」と亜門は頷く。

「一つ、物語を読んで差し上げましょう。既にご存知の物語でしょうし、そこまでお時間は取らせません」

そう言うと、亜門はあらかじめ栞《しおり》を挟んでいた頁をめくる。

彼が語り始めたのは、寒い雪の日の話だった。


大晦日《おおみそか》の日。雪が舞う町中を、貧しい裸足《はだし》の少女が歩いていた。

少女は、古いエプロンにマッチをたくさん入れていて、それを売って歩いていた。だが、その日は一つも売れなかった。

家に帰れば、父親から暴力を振るわれる。それに、彼女の家は隙間風《すきまかぜ》がひどくて、とても寒かった。

寒さで身体《からだ》もかじかみ、途方に暮れた少女は、売り物のマッチを擦って温まろうとする。

すると、マッチの炎の中に、すばらしいストーブやご馳走《ちそう》、クリスマスツリーなどが見えた。だが、それらは炎が消えると同時に消えてしまう。

しかし、その次にマッチを擦った時、現れたのは亡くなった祖母だった。少女は残りのマッチを全て擦り、まばゆい光と祖母に抱かれて天に昇った。

翌朝、その場所に残っていたのは少女の亡骸《なきがら》であった。

「〝マッチ売りの少女〟だ……」

「ご名答です、司君」

亜門は私の呟きに頷いた。

「〝人魚姫〟も〝赤い靴〟もこの話も、全部アンデルセンの話だったと聞いて、ちょっと納得しちゃいました。基本的にこう、女の子が可哀想《かわいそう》な目に遭うっていうか……」

「しかし、過酷な運命を背負ったのち、天に召されるなどして救済の道が与えられるわけですな。もしかしたら、アンデルセン自身を重ねたのかもしれません」

「あ、成程。貧しい家の出だって言ってましたもんね……。でも、天に召されるのが救済っていうのも、救われているのか微妙な気も……」

「そこは、宗教的な価値観の違いかもしれませんな」

亜門はそう言って、眼鏡を直す。

アンデルセンや当時の人々にとって、天の国に行けることが最大の至福だったんだろうか。

「それはさておき」

亜門は、小倉さんの方を見やる。彼女は、難しい顔をしていた。

何か言いたそうな彼女を促すように、亜門はこう言う。

「あなたの意見を、お聞きしてもよろしいですか？」

「私の意見……ですか？」

「この物語を聞いて、思ったことをお聞かせください」

彼女は目を伏せ、珈琲の水面に視線を落とす。自分の考えを言語化しようとしているのか、「そう――ですね」と考え込むように答えた。

「もう少し、何とかならなかったのかな……って思いました」

「例えば？」と亜門は更に尋ねる。

「少女は、家に帰っても父親に暴力を振るわれるし、家と言っても屋根があるくらいで、外と変わらず寒いということで、家に帰るという選択肢が無かった。それは、分かるんです」

肝心な母親も、亡くなったのか逃げてしまったのか。ただ、母親が履いていたスリッパを、少女が靴の代わりに履いて家を出たという描写しかない。残念ながら、父親の暴力から彼女を守る者はいなかったのだろう。

「そして、誰一人としてマッチを買ってくれなかった。少女に手を差し伸べてくれる人はいなかった。だから、少女はどうしようもなかった。それも、分かります。でも……」

「でも？」

「教会に逃げ込むことは出来なかったんでしょうか？　お金持ちの家の前で同情を乞《こ》えば、何か変化があったかもしれないのではないでしょうか？　私が少女ならば、何としても生き残りたいです」

恥も何もかも捨てて、明日を生きるために必死にしがみつきたい。小倉さんからは、そんな強い意志が読み取れた。

「それに、町の人だって、あまりにも冷たいと思うんです。裸足の少女がマッチを売り歩いているというのに、マッチの一つも買ってあげない。もし、買うお金が無いのなら、助言をしてあげればいいんです。大人達は、少女よりも知恵があるというのに」

少女をみすみす死なせてしまったことが悔しい。そう言わんばかりに、小倉さんは唇を嚙《か》む。

「って、すいません。時代背景が今と違いますしね。この物語の登場人物は登場人物で、彼らなりの事情があったはず。なのに、こんな勝手なこと……」

「いいえ」

小倉さんの謝罪を遮ったのは、亜門だった。見上げる彼女に、亜門は頷く。

「否定する必要はありません。恥も外聞も気にすることなく、先に進むためにあがきたい。死にゆく運命にあるものに手を差し伸べたい。——それが、あなたが選びたい選択肢です」

「死にゆく運命に……あっ」

小倉さんは、ハッとした。私も思わず、声を出しそうになる。

小倉さんが担当している作家は、このまま売れなければ仕事が無くなり、正に作家生命が失われるだろう。それに対して、助言をするか否か悩んでいた小倉さんだったが、彼女の心は、もう決まっていたのだ。

「そうだ。私は、黙っていることなんて出来ない……。このままでいるよりは、当たって砕けた方が良い」

小倉さんは珈琲を飲み干すと、勢いよく立ち上がる。彼女の瞳には、燃え盛る炎が宿っていた。

「覚悟は、決まったようですな」

「ええ。有り難う御座います。自分のすべきことが、よく分かりました」

小倉さんは、ぺこりと頭を下げる。

「いえ。私も、人の人生に触れることが出来ましたからな。お互い様です」

「これから、頂いたプロットについて、連絡してみようと思います。相手は気難しい人ですが、腹を割って話せば分かってくれるかもしれません。これぱっかりは、行動してみないと分からないので……」

「そうですな。行動せずに悩むよりも、行動してから悩んだ方が、手の打ちようがあるかもしれません。健闘を祈りますぞ」

亜門に見送られながら、小倉さんは何度も頭を下げて古書店を去って行った。帰り際に、「絶対に、キュンキュンする話を書いて貰うんだから！」と気合いを入れながら。

扉が閉じると、店内は再び静寂に包まれた。先程までレコードが奏でていたシャンソンも、いつの間にか止まっていた。

「見事なまでに、縁を繋ぎ直したようだ」

テーブルに頬杖《ほおづえ》をつきながら、アスモデウスはそう言った。

「いいえ。私はきっかけを与えたまでです。あとは、彼女次第でしょうな」

亜門は、いつの間にかテーブルの上に置いてあった本を手に取った。タイトルが書いていないそれは、小倉さんの物語を綴った本だろう。カバーのかかっていない、剝《む》き出しの単行本だった。そこには、彼女の素直さと骨太さが宿っているようだ。

「吾輩は、彼女のお眼鏡には適《かな》わなかったようだ」

アスモデウスは肩をすくめる。

「お眼鏡云々《うんぬん》以前に、割と強引だった気が……」と私は小声で言った。

「この国の女性は、強引なアプローチを好まない方もいらっしゃいますからな」

亜門は眉尻を下げながら、小倉さんの本をサイドテーブルへ移動させる。後からじっくりと、物語を読むつもりなのだろう。

「それにしても、本を出すというのは思った以上に制約が多そうだ。まさか、他人のことを考えなくてはいけないとは、思いもしなかったよ」

アスモデウスは肩をすくめながら、亜門が淹れてくれた珈琲を啜《すす》る。

「ミロンガでのお話ですかな。詳しくお聞きしても？　私は読んでばかりいて、自分で本を出すことは考えておりませんでしたからな」

話に乗る亜門に対して、アスモデウスは小倉さんから言われたことを説明する。亜門は、その言葉の一つ一つに、丁寧に相槌を打っていた。

「成程。本が読まれなくなっている世の中だとは小耳に挟んでいたのですが、作る側もそれほど苦心されているわけですな」

「ああ。それがゆえに、制約が多くてね」

「それならば、この亜門、より新刊を購入して、経済を回さなくてはなりませんな。本を購入することで関わった者が潤うのであれば、より多くの本を出版して貰うためにも、私は良き読者でいなくては」

「模範的消費者というか、完全にパトロンのそれですよね……」

私は思わずそう呟く。

亜門は、経済的に豊かだからそれでいいかもしれない。だが、現代の浮世に生きる者達は、経済的に恵まれている者ばかりではない。それどころか、みんなが生きるのに必死で、少しでもマシな生活をするために、娯楽に割くお金を節約しているくらいだ。

（そう考えると、制作側が何としてでも興味を持って貰うように、消費者のことを考えながら物を作らなきゃいけないのも、納得出来るかな……）

私も、作る側に立ったことが無いので、全ては想像にしか過ぎない。

だが、本を作る者だろうが何だろうが、それで生計を立てて行こうと思うのならば、寒空の下でマッチを売るだけでは生き残っていけない。マッチよりも人が必要としているものを売ったり、ただ売るだけではなく、パフォーマンスをして、人の興味を惹いたりする必要もあるかもしれない。

何せ、現代社会という寒空の下で歩いている人達を待っているのは、天の国の救済ではなく、その先の道を断ってしまう絶対的な死だ。

（……僕も、いつまでもここでこうしてはいられないな）

アスモデウスと話をしている、友人の横顔を見つめる。彼は、マッチ売りの少女よろしく、遠くはない未来に消えてしまうであろう運命の、流れに身を任せている。それは彼も納得の上だが、私は納得が出来なかった。

亜門に対して、私は通りすがりの町の人間だ。だが、私には彼を迎えるほどの家も無いし、もてなすほどのご馳走も用意出来ない。

（僕は彼に、何が出来るのだろう……）

もどかしい気持ちだけが募っていく。何処かに吐き出したくてしょうがない。それを誰かに、それこそ、自分の知らない誰かに聞いて貰いたい。

アスモデウスも、こんな気持ちなのだろうか。

小倉さんと話してから、あの含みがある胡散臭い笑みを一切浮かべなくなった彼を眺めながら、ぼんやりとそんなことを考えていたのであった。

翌日、私がいつものように古書店で仕事をしていると、扉が勢いよく開いて見慣れた客人がやって来た。

「御機嫌よう、本の隠者とその友人よ！　俺のいない間、どんな面白いことがあった？」

睫毛《まつげ》の長い瞳を見開いて登場したのは、美貌《びぼう》のマッド・ハッターだった。

「コバルトさん……。面白いことがあったのは確定なんですか……」

勢いよく閉まる扉を遠目に眺めつつ、私は挨拶《あいさつ》代わりにこう答えた。

「浮世も常世も、日々、何かがあるものだろう。特に、浮世は変化が顕著だ。その中から面白いと思うものを見つけ、豊かな人生を送りつつ、俺に面白い話題を提供するのがツカサの役目だ。そう思わないか？」

「前半は同意したいんですけど、後半に同意をするのは、だいぶ重荷ですね……」

相変わらずマイペースなコバルトに、私は溜息を吐いた。

「コバルト殿は、お変わりが無いようで何よりですな」

亜門は指定席のソファから腰を上げると、来客に珈琲を淹れるために奥へと向かう。私は、コバルトに奥の方の上座を勧めた。

「最近は、アスモデウスが出入りしているようだし、変化はあったんじゃないのか？　あいつの呪《のろ》いでツカサの髭《ひげ》が伸びたとか」

「まだ、髭が伸びる呪いの話題を引きずってたんですね……」

私はガックリと項垂《うなだ》れる。そんな私の顔を、コバルトが覗き込む。

「見たところ、変化はないようだが」

「生憎《あいにく》、呪いを受けるようなことはしてませんよ。仮にそんな呪いを受けたとしても、違和感を覚えた時点で剃《そ》ります」

きっぱりとそう言う私に、コバルトは些《いささ》かつまらなそうな顔をする。

そうしているうちに、手際よく珈琲を淹れた亜門が、カップを持ってやって来た。

「あ、すいません。運ぶくらいは僕が……！」

「いえ。折角、友人が来たところですからな。休憩に致しましょう」

亜門はコバルトがついたテーブルに、三名分のコーヒーカップを置く。ほろ苦くも心地よい香りが束になって私達を包み込んだ。

「アスモデウス公と言えば、本を出版したがっておりましたな」

「本を！」

コバルトの目が輝く。

「なんだ。やっぱり本を作りたいんじゃないのか。よし、装丁は俺がやろう！」

コバルトはレースとフリルがふんだんについたジャケットで腕まくりをする。だが、立ち上がりかけた彼を、亜門がやんわりと制した。

「しかし、色々と想うことがあったようでしてな。今はその意欲も、すっかりなりを潜めているのです」

「なんと！　俺がいない時に面白そうなことが始まって、面白そうなことが終わったということか！」

彼は大いに嘆く。私は最早、苦笑しか出来なかった。

「まあまあ、コバルトさん。完全に終わったわけじゃないですし……」

「そうですな。一時的にモチベーションが低下しただけで、また、意欲的になるかもしれませんぞ。とは言え、我々が物語を創作するのは、難しいことではあるのですが」

亜門が呟くように言った後半の言葉を、私は聞き逃さなかった。

「そうなんですか？」と問う。

「ええ。浮世に住まう人間の想いは、時として常世の者を創ります。ですが、常世の者の想いは、浮世の者を創ることは出来ないのです。奇跡を授けることならば、出来るのですが」

亜門は、何処か寂しげな笑みを浮かべる。

「いや、むしろ、奇跡の方が有り難いというか……」

「まあ、得意分野が違うということですな。しかし、私は可能性を否定したくもなかったので、アスモデウス公がどうなるかを静観していたかったのですが……」

可能性を否定せず、流れに身を任せてそっと見守る。破滅へと転がり落ちそうならば、手を差し伸べて救済する。それが、亜門のやり方だった。だからこそ、アスモデウスの相談に乗るものの、積極的に干渉はして来なかった。

「本を出すと一言で言っても、僕が想像していたよりもずっと大変なようですしね。小説なんて、作家が書きたいものばかり書いているかと思ったのに……」

「一概に、そうでないものばかりというわけではないのでしょうが、書きたいものばかり書いているわけではないというのは、事実のようですな。そのような状況でも、大事なのは恐らく——」

「恐らく？」と私は問う。コバルトも、首を傾げていた。

「制約された状況でも書きたいと思うものを、見つけられるかどうかではないでしょうか？　アスモデウス公にそれがあれば、モチベーションを取り戻せるかと思うのですが」

「そう……ですね」

誰に向けた物語なのか。

小倉さんは、アスモデウスにそう尋ねていた。そして、アスモデウスは答えに窮していた。

もし、私が物語を書くのなら、誰に向けて書こうと思うのだろう。ふと、亜門とコバルトの方を見やる。彼らとこうして過ごした日々を、以前の私のように行き場が無い人間に向けて紡ぎたいと思うかもしれない。

「ツカサ？」

気付いた時には、コバルトが私の顔を覗き込んでいた。「うわっ」と思わず飛び退《の》いてしまう。

「ひとの顔を見るなり叫ぶとは、無礼者め」

コバルトは口を尖《とが》らせる。

「いきなり覗き込まれたら、誰だってびっくりしますよ！」

「いいや。俺は違うね」とコバルトは自信満々だ。

い。

「その貌《かお》で変顔をするのはやめた方が良いですよ⁉」

男の私が見ても美しいと思う顔立ちなのに、変な表情で全てを台無しにするのは頂けな
「面白い表情をして相手を打ち負かす！」

「違うって……、どうするんですか？」

「それに、睨《にら》めっこの勝負をしたいわけじゃないし……」

「コバルト殿の百面相は、是非、後ほど司君にも見て頂きたいものですな」

亜門は微笑ましげに私達のことを眺めつつ、無責任にそう言った。

「亜門は見たことがあるんですか……」

「ええ。何度か」

亜門は澄まし顔で珈琲を啜る。

「ならば、今ここで披露してみせようか！」とコバルトは意気揚々と言い放つ。

「それをされると、私は無様に珈琲を噴き出す可能性があるので、遠慮して頂けると有り難いですな」

亜門はやんわりと窘《たしな》めた。流石は長年の付き合い。あしらい方は手慣れたものだった。

（それにしても……）

私は出入口の方を見やる。新しい客は、やって来る気配は無かった。

（何を気にしているんだろう、僕は）

私が探していたのは、アスモデウスの姿だった。胡散臭くて摑み処が無い相手だが、気になって仕方が無かった。

彼は今、何をしているのだろうか。

彼の住処《すみか》で、小倉さんの問いを己に投げかけているのだろうか。恐らく、たった独りで。

一方、小倉さんの本には、その日のうちにタイトルが現れた。〝マッチ売りの少女とその未来〟と、骨太な文字で記されていた。

新たに追記された締めの文章をなぞり、亜門は満足そうに微笑む。

内容は、こうだった。

件の作家にアドバイスをしたところ、やはり、激しく反発されてしまったらしい。だが、小倉さんは物怖《ものお》じをせず、相手の良さと自分の熱意を粘り強く伝えたのだという。

その結果、一晩経《た》ってから、作家から改めてプロットが送られて来たそうだ。

それは、自分がアドバイスした内容よりも良く、目を見張る出来だった。欠点を覆すほどに良いところを伸ばしたもので、その作家の底力を感じたのだという。

そして、添えられたメールにはこう書かれてあった。「台詞は上手くなりたいので、アドバイスが欲しい」と。

自分はこの作品を、絶対に売ってみせる。そんな意気込みで、物語は終わっていた。

「この先の未来は、また別の物語になるのでしょうが、きっと、明るい話になることでしような」

亜門はそっと本を閉じると、祝福するような眼差しで、本棚へと差す。

「アスモデウスさんの物語も、こうして納得のいく結末になればいいんですけど」

私の口から、つい、そんな言葉がついて出た。亜門はその台詞を噛み締めるように、深く、とても深く頷いたのであった。

幕間　中東の珈琲

そろそろ夕方という時分、〝止まり木〟から出ると、三谷とひょっこりと鉢合わせた。

「あっ、もう上がり？」

作業用のエプロンを小脇に抱えた三谷に問うと、「ああ」と返してくれた。

「お前も？」

「僕は亜門のお使い」

メモをひらりと見せる。

買い物のメモが読めないという事件以来、亜門はメモ帳を用意してくれるようになり、更には丁寧な日本語で書いてくれるようになった。

三谷は、「ふぅん」とメモを一瞥《いちべつ》する。

「前から思ってたんだけど、お前、俺よりも労働時間長いよね。この店の開店時間から閉店時間までいるだろ？」

「まあ、働いているような寛いでいるようなって感じだから……」

お陰様で、疲労感はあまりない。最初の頃《ころ》こそ緊張感はあったものの、今はすっかり慣れてしまった。

「友達の家に遊びに来て、ついでに色々手伝ってるみたいな感覚なのかね」

「それ、ほぼ合ってる」

私は深く頷《うなず》く。

「ま、それはそれでいいんじゃね？　俺はがっつりみっちり仕事だから、今日もお疲れだよ」

「本当に、お疲れ様……」

自身の肩を揉《も》む三谷に、労《いたわ》りの言葉を向ける。

そんな私であったが、エレベーターに向かう途中、ふと、或《あ》るものに目が留まった。

「あれ？　あの棚……」

フロアの一角に、雑貨が陳列されている棚があった。そこに、見慣れない商品が置かれているのだ。

「ああ。それ、ちょっとした企画モノ。面白いだろ、エジプトグッズを売ってるんだ」

並んでいるのは、エジプトの神々を模したキャラクターが描かれているグッズであった。横顔の男性神が描かれた栞《しおり》や、猫の頭を持つ神のボールペン。スフィンクスの文鎮なんかもある。

「この中に、亜門の知り合いはいるのかな……」

「あ、そうか。亜門さんは元々、そっちの神様だもんな」

亜門は元来、エジプト神話に属する神だったのだという。それの、魔神としての概念を切り離したのが、今の亜門らしい。

「そう思うと、ちょっと複雑かもな」と三谷は顎《あご》を擦《さす》る。

「懐かしい、っていうんじゃなくて？」

「自分がグッズ化されていたら、どう思うよ。お前の姿を模したボールペンとかさ。お前の顔が描いてあるメモ帳とか」

三谷は私を小突く。

「うーん。それは確かに、複雑かも……」

「だろ？　お前の顔が描いてあるメモ帳なんて、真っ先に髭《ひげ》を描いちゃうね、俺は」

「髭は勘弁してくれよ……」

いつぞやの、髭が伸びる呪《のろ》いで散々弄《いじ》られたことを思い出す。

「関羽《かんう》みたいな立派な髭にしてやるぜ？」

「それ、かなり似合わないから。ああいうのが似合うほどの男前じゃないから」

そうこうしているうちにエレベーターが到着したので、三谷と私は乗り込んだ。籠《かご》の中には誰もおらず、狭い空間で、私達は二人っきりだった。

「そうだ。お前に言っておかなきゃいけないことがあったんだ」

「な、なんだよ……」

三谷はいつになく真剣な表情で、私のことを見つめる。エレベーターが上昇するのを感じながら、私はつい、身構えてしまった。

「ここ数日、うちの書店でおばけが出るようになったんだ」

「ぎゃーっ」

私は思わず、耳を塞《ふさ》ぐ。

「……お前、まだおばけが怖いわけ？　おばけより強い魔神が近くにいるのに？」

「それとこれとは話が別だって。やっぱり、得体の知れないものは怖いよ……」

「じゃあ、正体が明確になれば怖くないのか？」

「……多分」

私が頷くと同時に、エレベーターが停止する。開いた扉に導かれるようにして、私達は籠の外に出た。

「じゃあ、正体を探れよ」

「いや、なんでそうなるんだよ！」

「閉店後に出るんだってさ。遅番の連中が言ってた」

「僕のツッコミは無視⁉」

こちらの抵抗も虚《むな》しく、三谷は話し続ける。

「閉店後、棚整理を終えた奴《やつ》がさ、さっきの俺達みたいにエレベーターを使ってロッカーまで戻ろうとしたのさ。でも、エレベーターが途中の階で止まって――」

「その階にはおばけがいた」

「そう。エレベーターが止まったのは真っ暗なフロアで、誤作動か何かだと思って扉を閉めようとしたら、その真っ暗なフロアで蠢《うごめ》く影があったそうだ」

「蠢く影って、どんな……」

「白い影だってさ」

「それだけ？」

「それだけ」と三谷は頷く。

「目撃証言、シンプル過ぎるのでは……」

「お前、怖がっていたくせに、ちゃんと耐性がついてるじゃないか」

「いや、前はもっと具体的だったから……」

以前も、三谷に怪談を聞かされたことがあった。その時は死にそうな目にも遭ったり、亜門に助けられたり、相手は本物の幽霊だったりもした。

「でも、今回も本物かな……」

「さあな。何人かが見てるみたいだし、本物じゃね？」

三谷はなんということも無いように言った。

「本物じゃね、って……。他人事《ひとごと》過ぎるだろ……」

「まあ、うちの店におばけの一体や二体、いてもおかしくないしなぁ」

元は白かったであろう使い込まれた壁を眺めながら、三谷はぼやいた。確かに、歴史がある店なので、幽霊や妖怪の類《たぐい》が住んでいそうだが。

「実際、魔神は住んでるしな……」

「それより、名取《なとり》」

「うん？」

三谷は、背後にあるエレベーターの扉を指しながらこう言った。

「お前、俺と一緒に昇っちゃ駄目だろ。お使いだったら、目指すのは一階だろ？」

「あーっ！」

三谷につられて、ついついエレベーターに乗ってしまったが、三谷が目指していたのは、上階のスタッフ専用フロアだった。

私服姿のスタッフが、不思議そうに私のことを見ながら通り過ぎる。きっと、見慣れない奴がいると思われているに違いない。

「あわわわ。早く下りないと」

「大丈夫。お前はほぼ、うちのテナントのスタッフみたいなもんだし」

「非公式だから！　大丈夫じゃないから！」

私は下りエレベーターを呼ぶべく、ボタンを何度も押す。しかし、地下に潜ってしまったエレベーターは、到着までにかなりの時間を要したのであった。

〝止まり木〟に戻った私が事の次第を話すと、亜門は珈琲《コーヒー》を淹《い》れながら相槌《あいづち》を打った。

「ふむ。おばけですか」

「亜門は、見たことがあります？」

「いいえ。ここ数日、司君がお帰りになってからは、ずっと読書をしておりましたからな」

「ああ。引きこもっていたんですね……」

亜門の指定席のサイドテーブルには、分厚い本が置かれていた。栞が挟まっているので、読みかけなのだろう。きっと、私がいない時は、あの本を読むのに没頭していたに違いない。

「しかし、白い影のおばけとは、実に興味深い話ですな」

「えっ、まさか……」

「司君。本日、残業をするご予定はありますかな？」

「やっぱり！　おばけを見ようとしてますね⁉」

私は思わず目を剝《む》いた。

「気になるではありませんか」

「気になりますけど、また、砂男の時みたいに恐ろしい目に遭ったらどうするんですか！」

「また、砂男のように、縁が切れてしまった方がさまよっておられるのかもしれません」

そう言われると、言葉に詰まってしまう。バッドエンドを背負った者がいるのならば、その縁を繋《つな》いでハッピーエンドにするのが亜門の生き甲斐《がい》だ。

「それに、司君が危ない目に遭いそうな時には、私がまた、お守りします」

亜門は穏やかに微笑《ほほえ》む。しかし、眼鏡の奥にある猛禽《もうきん》の瞳《ひとみ》は、実に頼もしいものだった。

「ご安心下さい。大事な従業員であり友人である君を、危険な目には遭わせませんぞ」

そう言われてしまっては、断れない。

「……分かりました。その代わり、残業代は下さいね」

「勿論《もちろん》。とびっきりの珈琲もお付けしますぞ」

亜門はそう言って、にっこりと微笑したのであった。

新刊書店の閉店時間になった。

時計を眺めていた私は、重い腰を上げる。

「亜門、そろそろ……」

「時間ですかな？」

亜門は、読みかけの本に栞を挟んだ。

「ええ。閉店時間になりましたし。多分、今は遅番のスタッフが片づけをしてると思います」

「それでは、もう少ししたら参りましょう」

亜門はそう言って、クロークの方へと向かう。私も、その後に続いた。

「因《ちな》みに、目撃証言があったのは、どちらのフロアでしょうか？」

「それが、まちまちなんですよね。忘れ物を取りに行った二階で見たとか、エレベーターが止まった五階で見たとか、帰り際に一階で見たとか……」

「ふむ。規則性は無さそうですな。――いや」

「何か、分かりました？」

訂正しようとする亜門に、私は首を傾《かし》げる。

「七階以上での証言はありますかな？」

「いいえ。三谷に聞いた限りでは、無いですね」

「もしかしたら、売り場があるフロアを中心に出現しているのかもしれません」

「へ……？　あ、なるほど」

売り場があるのは、一階から六階までだ。七階以上は、スタッフ専用の場所が中心となっている。

「閉店後であっても、スタッフの方々は残っておられるわけですからな。そうなると、スタッフの数が多くなる七階以上は、おばけに遭遇する確率が増えるはずなのですが……」

「七階以上の目撃証言が無いってことは、そもそも、そのフロアに出現している可能性が低いってことですね」

「正に、その通りです」

亜門は深く頷きながら、クロークから私の上着を取り出してくれた。

「ひとまずは、売り場があるフロアを中心に探してみましょう」

「売り場があるフロアと言えば……」

「当然、当店がある四階も対象ではありますな」

さらりとそう言いながら、亜門は自身の上着を羽織る。

「いきなり、おばけとご対面したらどうしよう……」

「それならば、探す手間が省けるというものです。まずは、お話をお聞きしましょう」

亜門は前向きにそう言いながら、ステッキを携えた。いざという時に、それを使って格闘するためである。

(亜門は素手でも強いんだけどな……)

いつぞやの、大男たる青ひげを殴り倒したことを思い出す。だが、拳《こぶし》を振るうというのは、彼の紳士道に反するらしい。

（でも、今回のおばけはどうなんだろう。物理攻撃は通じるのかな）

青ひげも砂男も、物理攻撃が通じた。だが、今回のおばけは、目撃証言では姿が漠然としていて、全く予想がつかない。もし、相手が聞く耳を持たず、且《か》つ、力でねじ伏せられなかったらどうするつもりなのだろうか。

「どうなさいました？　顔色が悪いですぞ」

「色々と心配で……。杞憂《きゆう》ならいいんですけど」

「ふむ」

亜門はしばしの間、沈黙する。そして、決意するようにこう言った。

「では、司君は我が巣でお待ち下さい。おばけと呼ばれている方をお連れすることになるかもしれないので、その準備だけして頂けますかな？」

「えっ」

「あなたに、無理をさせるわけにはいきませんからな」

亜門は優しく私の肩に触れる。父親のような眼差《まなざ》しに見つめられ、私は安心すると同時に、妙な不安に駆られた。

「では、行って参ります。出来るだけ、早めに戻りますので」

「あっ……」

亜門はひらりと上着を翻し、店の外へと姿を消してしまう。行ってらっしゃいと言い損ねた口が、喘《あえ》ぐように息を吐いた。

「しまった……。また、守られてしまった……」

しかも、安全な場所に置いておくという方法で。

これでは、無力な雛鳥《ひなどり》ではないか。

我ながら情けない。対等――は、無理にしても、せめて、彼のお伴《とも》くらいは出来るようにならなくては。

「亜門、僕も行きます！」

私は、意を決して〝止まり木〟を出る。

しかし、私を迎えたのは亜門ではなく、真っ暗な売り場であった。

亜門の足は速い。そもそも、私よりも足が長いので、歩幅がある。お荷物な私がいなければ、いつもよりも颯爽《さっそう》と歩けることだろう。

（やっぱり、戻った方が……）

怖気《おじけ》づいた私は、踵《きびす》を返す。しかし、私を待っていたのは木の扉ではなく、壁だった。

「あっ、そうか……！」

亜門がいなくては、店に通じる扉は出現しない。私の退路は完全に断たれてしまった。

「駄目だ。迂闊《うかつ》すぎる……」

やっぱり、早く亜門と合流しよう。

亜門が向かったのは、上か下か。それとも、エレベーターで一気にいずれかのフロアに飛んでしまったか。

非常灯のみがついているフロア内で、私は耳を澄ませる。亜門の足音は聞こえないだろうか。

ずらりと並んだ本棚が影となり、真っ黒な壁に見える。本棚に表示された棚の番号やジャンル名もよく見えず、最早《もはや》、迷路と化していた。

せめて、見渡し易《やす》い通路に向かおう。エスカレーターも近いし、上下にあるフロアの物音は聞き易いはずだ。

そう思って一歩踏み出そうとしたその時、ひたっと足音のようなものが耳に届いた。

（亜門……じゃない）

亜門の足音は、靴底と床がぶつかり合う硬い音だ。

しかし、今の音は違う。忍ばせるようで柔らかく、まるで素足のような音だ。

（まさか、おばけ……）

おばけに足があるのかという疑問が浮かぶものの、砂男だって足があった。それに、おばけではなく裸足《はだし》の不法侵入者かもしれない。

（泥棒だったら、やばいかな……）

いや、逆に声をあげれば逃げていくかもしれない。もしくは、こちらが正規スタッフのふりをすればいい。

足音らしき音の正体を確認すべく、本棚の影からにじり寄る。

気のせいでありますようにと願うものの、その祈りはあっさりと砕け散った。

「ひっ……」

思わず声が漏れる。

周囲よりも背の低い本棚の向こうに、蠢く者がいた。明らかに亜門ではない、白い影である。

おばけだ。

逃げようと思う自分と、正体を見極めようと思う自分が葛藤《かっとう》する。両者が激しく争った末、一歩踏み出すことで後者が勝利した。

心臓が高鳴る。その音で、相手に気付かれてしまいそうだ。

背の低い本棚の陰から向こうを見やった瞬間、私は目を疑った。

白い影。それは、私よりもやや背丈が低いほどだったが、シルエットは人のものではなかった。

実にシンプルで、シーツを頭から被《かぶ》ったらそうなるだろう。典型的な、幼稚園児が描くようなおばけのそれだ。

しかし、そのシーツのようなものから、脚が生えていた。素足でありながらも、がっしりしている。そしてあろうことか、そのシーツには、アイラインのしっかりした目が描かれているではないか。

「おばけ……いや、不法侵入者だーっ⁉」

とっさにそう断定する。

『なにぃ⁉　不法侵入者だと⁉』

やけに威厳のある渋い声が、頭の中に響く。

途端に、不法侵入者の目の部分が、黄金に光り輝いた。

「えっ、あ、いや、ちょっと⁉」

『この家に害をなす侵入者とあらば――』

侵入者――いや、やはりおばけだろうか。とにかく彼は、両目を太陽のごとく輝かせながら明後日《あさって》の方へと振り向く。

次の瞬間、私は信じられない光景を目にした。

『打ち倒す！』

熱線がほとばしる。おばけの目から発射された怪光線は、あろうことか、フロアの床を焼き、突き当たりの壁に直撃した。

「あわわわわ……」

辺りに、焦げ付いた臭いが立ち込める。怪光線の衝撃で、壁に面した本棚から、バサバサと本が落ちた。

『む？　侵入者などおらんではないか』

おばけが振り向いた。私はとっさに逃げようとするものの、腰が抜けてしまって動けない。

『さては人の子よ。貴様が侵入者だな？』

「い、いや、その……」

半分当たりである所為《せい》で、馬鹿正直な私は否定出来なかった。

シーツに目を描いたようなおばけは、威厳をたっぷり湛《たた》えながら、私の方へと歩み寄る。

どう見ても不審者だが、何故《なぜ》だか神々しい雰囲気をまとっていた。

『この家に害をなす存在であるならば——』

おばけの目が、まばゆく光る。

まずい。私に向かって熱線を放つつもりだ。

「ちょ、ちょっと待ってください！　話を聞いて！」

『問答無用。打ち倒——』

視界が白く染まりかける。

絶体絶命。私はこのまま、わけの分からない相手に焼き殺されてしまうのか。

「お待ちください！」

凛《りん》とした声が、フロア内に響き渡る。聞き慣れたバリトンの声は、紛れもなく亜門のものだった。

「私の友人に、手出しはさせませんぞ！」

ステッキを持った亜門が、私と正体不明のおばけの間に割って入る。その瞬間、おばけはハッとして動きを止めた。

『あ、あなたは……』

おばけの目から、殺意に満ちた光が消える。亜門もまた、シンプルなおばけの姿を見て「なんと！」と声をあげた。

「まさか、このような場所でお会いするとは……」

「あ、亜門。このおばけと、知り合いなんですか……？」

私は蚊の鳴くような声で問う。すると、亜門は静かに頷いた。

「おばけではありません。彼は、私の古い知り合いです」

「古い知り合いっていうことは、もしかして……」

暗闇《くらやみ》に慣れて来た私の目は、雑貨が置かれている棚へと向けられる。あの、ずらりと並べられたエジプト神のグッズに。

「そう。彼こそは、エジプト神の一柱。メジェド殿です」

シンプルなおばけ、いや、メジェドは恭《うやうや》しく頭を下げる――と言っても、頭は何処《どこ》だか分からないが、とにかく、お辞儀をする。

相変わらず、焦げた臭いが漂う中、私は意識を手放しそうになったのであった。


私達は、〝止まり木〟へと戻る。

勿論、あの怪しげな姿のメジェド神も一緒だ。

私は席を勧めたのだが、彼は首を横に振って断った。最初は遠慮しているのかと思ったが、あまりにも微動だにせず直立しているので、そういう仕様の存在なのだと納得した。

『まさか、東の果てであなたにお会い出来るとは思いませんでした』

メジェド神は、亜門に恭しくそう言った。

「流れ流れて、この土地に辿《たど》り着きましてな。訳あって、すっかり居ついてしまいました。居心地がいい土地でもありますからな」

亜門は、奥のカウンターへと向かい、棚を探り始めた。まさか、メジェド神に珈琲を勧める気なのだろうか。

メジェド神には、エジプトの神々独特の自己主張が強い目があるものの、口や鼻の類は見当たらない。それどころか、カップを持つための腕も無かった。

「いやいや、そんなことよりも、大事なことを忘れているのでは……」

私の独り言に近い言葉に、両者はこちらを振り返る。

「新刊書店の床、どうするんですか？　さっき、メジェドさんが焼いちゃったところ……」

亜門とメジェド神が顔を見合わせる。だが、両者とも難しい顔をして答えた。

「残念ながら、私は焼かれた床を修復する魔法を持ち合わせていないのです」

『我もだ』

「まあ、見た感じ、床が焦げたくらいで済みましたけど……」

でも、明日の朝は騒ぎになってしまうのではないだろうか。

「ふむ。焦げたのが表面だけならば、磨いて削り取ることが出来るかもしれませんな。後ほど、私が試してみましょう」

「それって、肉体労働……」

魔法使いとは、と私の胸に疑問が渦巻く。

「ご安心下さい。司君の手を煩わせることはありません。床の修復作業は、この亜門とメジェド神で行いましょう」

「い、いえいえ！　それくらいは手伝いますから！」

紳士然とした微笑を湛える亜門に、私は慌ててそう言った。

「そうですか。まあ、とにかく、司君と本が無事で良かった」

落ちた本は、先ほど亜門が何も言わずに直していた。

『我としたことが。侵入者を打ち倒すつもりが、守るべき家を焼いてしまうとは』

「そもそも、どうしてこんなところにいたんですか……？」

私の問いかけに、メジェド神は胸に当たる部分を張って答えた。

『それは、オシリス様を始めとする神々の偶像と、その偶像を収めている家を守るためよ』

「ぐ、偶像って、エジプト神グッズのことですか？」

四階で販売されていた雑貨を思い出す。

『我が使命は、オシリス様の家を守ること。偶像を収める家を守るのも、その役目の一環であろう』

オシリス神というのも、エジプト神の一柱だという。男性神だというので、もしかしたら、私が見た栞に描かれていた神かもしれない。

『そして、もう一つ』

メジェド神は、自己主張の強い目を見開いたままこう続けた。

『あの偶像こそ、我らへの信仰を取り戻す鍵になる。この国の人間は、どのような神でも受け入れるのだという。ならば、この地を起点として、我らの力を再び取り戻そうと思ったのだ』

「成程。使命を全うする一環として、グッズの警備を行っていたのですな」と亜門は相槌を打つ。

「そこで、あの怪光線なんですか……？」

『障害は打ち倒さねばなるまい』

私に対して、メジェド神は自信満々に言い放った。

「打ち倒すにしても、あの熱線を浴びたら死んじゃうのでは……」

仮に、書店に泥棒が入ったとして、灰にされてはかなわない。ここは、命がある状態で警察に引き渡したいものだ。

「メジェド殿は、本来、障害となるものを打ち倒す役目を担っておりましてな。それがゆえの行動なのでしょうが――」

亜門はそう言って、メジェド神のつま先から頭の先までを見つめる。

見れば見るほど、奇妙な姿だ。古代エジプト人は、どうして神様をこんなデザインにしたのだろう。

「メジェド殿も、少し容貌《ようぼう》がお変わりになりましたな。それに、他の神々に比べて知名度が低かったあなたが、この東の地におられることも不思議です」

『うむ。それには深い理由があるのです……』

メジェド神は少しだけうつむく。

「昔からこの姿じゃなかったんですね」と私は少しだけ安堵《あんど》した。

「大まかには、このままの姿なのですが」

亜門の言葉に、「そ、そうですか……」としか答えられなかった。

「布を被った姿ではなかったのです。メジェド殿は、不可視の存在とされておりましたからな。ただし、描かれる姿は不可視というわけにはいかなかったので、おおよそこのような姿で描かれていたようなのですが」

「へぇ……」

それが、今はバッチリ見えている。見えているどころか、布を被った裸足の不審者にしか見えない。

一体何が、彼をそうさせてしまったのだろうか。

「話は変わりますが、メジェド殿。珈琲は嗜《たしな》まれますかな?」

亜門は、珈琲豆を選びながら問う。

『こーひー?』とメジェド神は首——というか身体《からだ》を傾げた。

「近代の飲み物です。名前を聞いたことは御座いませんか?」

『豆の煮汁であったような気がする』

煮汁。

私は思わず、心の中で復唱してしまった。どうやら、メジェド神の中の珈琲は、我々の知っている珈琲とは違うらしい。

だが、亜門は「左様」と頷いた。

「えっ、煮汁って言っちゃっていいんですか。珈琲豆をひいた粉から珈琲を抽出しますし、煮汁ではないのでは……？」

「昔の珈琲は、粉にすること無く、また、焙煎《ばいせん》することも無かったのです」

亜門は珈琲豆をミルに入れながら、そう答えた。

「珈琲が飲まれ始めた頃は、珈琲豆をそのまま煮ていたのです。焙煎をされるようになったのは、十五世紀頃だったような……」

「飲まれ始めた頃って言うと、あの、カルディの時代ですか……？」

「よく覚えておりましたな」

亜門が微笑む。

亜門と出会って間もない頃、珈琲の由来を教えて貰ったことがある。

カルディという羊飼いが、羊が食べると眠らなくなるという実を見つけたことから始まった。そこで、修道院にて、礼拝時に修道士が眠らないようにと、その実を茹《ゆ》でたものを飲むようになったのだという。

珈琲豆をそのまま食べたことは無いが、焙煎もしない煮汁を飲んだらどうなることやら。やはり、あの香ばしさが無くなり、ひたすら苦く、今以上に目が覚めそうな味なのだろうか。

「焙煎されるようになってからですな。珈琲が、嗜好品《しこうひん》として広まったのは」

「亜門は、その頃から珈琲を？」

「ええ。嗜好品として広まってからは、コーヒーハウスも出来ましたからな。私はよく、あの場所に通ったものです」

コーヒーハウスとは、英国で流行《はや》った喫茶店的な場所らしい。

多くの人間が集まるため、社交の場ともなっていたそうだ。人間が好きな亜門が、好んで出入りしそうな場所である。

「焙煎された豆が市場に出るようになったのは、かなり後でした。焙煎工場が出来たのが、十九世紀、それが発達したのは二十世紀頃ですな。この国で焙煎機が街の店舗などに普及するようになったのは、二十世紀の終わり頃です」

亜門は、丁寧に挽いた粉を、棚の奥から出して来た見慣れぬ器具の中に入れる。光沢から して真鍮《しんちゅう》で出来ているようだが、柄杓《ひしゃく》のような形だ。

「それ、何ですか？」

「イブリックと申します。今回は、こちらの器具で珈琲を淹れるとしましょう」

亜門は、イブリックと呼ばれた器具の中に珈琲の粉を入れる。そして、水と、なんとシュガーまで入れてしまった。

「えっ、このタイミングで？」

いつもならば、自分の席にカップが運ばれてきたところで、シュガーやミルクを入れるというのに。

「ええ。これが、トルココーヒーの淹れ方なのです」

「トルココーヒー？」

私と、メジェド神も不思議そうな顔をする。だが、亜門は意味深に微笑むと、イブリックを火にかけた。

弱火でゆるゆると熱しながら、亜門は珈琲をかき混ぜる。

そして、泡が立ったところを見計らい、イブリックを火からおろし、スプーンでかき混ぜてから、再び火にかける。そんな動作を何回かした末に、ようやく、亜門は火を止めた。

「司君。デミタスをお持ち頂けますかな？」

「あっ、はい！」

私は、カップを三つ用意する。亜門は「結構」と頷いた。

「こちらは私の分になります。一度に出来るのは一人分なので、しばしお待ち頂けますかな？」

「は、はい……！」

「メジェド殿の分もお淹れしましょう。甘い方がよろしいですかな？　それとも、苦みが強い方が？」

『それでは、甘い方を頂きましょう』

「畏《かしこ》まりました」

亜門は先ほどと同じく、イブリックに珈琲粉とシュガーと水を注ぐ。

そんな彼にそっと歩み寄り、私はこっそり耳打ちをした。

「だ、大丈夫なんですか？　メジェドさん、口が無いから飲めないんじゃあ……」

「ご安心下さい。司君は、亡くなった方にお供え物をしたことがありますな？」

「え、ええ。祖父母の家に仏壇があるので、お盆やお彼岸の時に……」

「この国で常世の住民となられた方々は、食べ物を香りで楽しむことが出来ると聞いたことがあります」

「でも、それって、エジプトの神様には適用されるんですか……？」

私の問いに、亜門はにっこりと微笑んだ。

「心配ご無用です。私の考えが正しければ、メジェド殿はだいぶこの国に染まっておられるようですからな」

有無を言わせぬ笑顔。それを前にした私は、ただ、亜門に委《ゆだ》ねることしか出来なくなってしまったのであった。

全員分の珈琲が淹れ終わり、私達は真ん中の卓へとついた。とは言え、メジェド神は座ることなく、立っていたのだが。

私もメジェド神も、デミタスのカップに注がれた珈琲をじっと見つめる。

色合いは、ココアに近いだろうか。薄《う》っすらとしたクレマが水面を漂い、実にコクがありそうな雰囲気だ。

「どうぞ。お召し上がりください。そろそろ頃合いでしょう」

亜門は珈琲の様子を眺めながら、私達に勧めてくれた。

何が頃合いなのだろう。飲み易いほどに冷めたということなのだろうか。

「司君は、一気飲みをしないように」

「あ、はい」

亜門に釘《くぎ》を刺される。火傷《やけど》をしないようにということかと思いながら、カップを傾けて用心深く啜《すす》った。

「……ん。何て言うか……」

「いかがですかな？」

「独特……な味ですね。口当たりもかなり粉っぽいんですけど……甘くて癖になりそう」

何とも馴染《なじ》みがなく形容し難い味わいであったが、不思議と、傾けたカップが戻せなくなってしまった。口に含んで一口飲めば、次のもう一口が欲しくなる。

「おっと、司君。その辺で――」

亜門の制止に従う前に、更に一口含んでしまった。その瞬間、どろどろになった珈琲粉が、べったりと喉に貼《は》り付く。

「げほっ、げほっ……！」

「おやおや。大丈夫ですか？」

亜門はハンカチを貸してくれる。私はそれを受け取り、何度か咳《せ》き込んだ。

「カップの底には粉が溜《た》まっておりますからな。上澄みだけを飲んで頂かなくてはならないのです」

「わ、忘れてました……」

私は、涙目になりながらカップを置く。亜門が注いでくれたお冷を飲み、何とか落ち着くことが出来た。

「さっきの珈琲を飲むタイミングも、粉が沈むのを待っていたんですね……」

「左様。淹れたてですと、粉が沈殿し切っておりませんからな」

珈琲は淹れたてが一番だと思っていたが、その常識が覆された瞬間である。

「あ、そうだ。メジェドさんは……」

私はメジェド神の方を見やる。本当に、珈琲を味わえているのだろうか。

だが、私の心配は杞憂だった。

メジェド神は、珈琲を前に、心地よさそうな顔をしている。

『なるほど。これはなかなかの美味だ。初めて味わうはずだが、何処か懐かしいものも感じる……』

自己主張の強い目を細めながら、メジェド神は言った。

良かった。ちゃんと香りを楽しむことが出来ているようだ。と言っても、鼻が何処にあるかは分からないが。

「このトルココーヒーは、エジプトでも飲まれているのです。ただし、こちらも、我々にとっては比較的最近、親しまれるようになったのですが」

『ほほう。我らの故郷の味わい方だから、親しみが湧《わ》くのですね』

亜門の説明に納得したメジェド神は、珈琲をじっと見つめる。

いつもとは違った雰囲気の、コクのあるほろ苦い芳香が漂い、私も異国にやって来たような気分になった。

「それにしても、香りを通じて味を楽しめているとは、やはり、メジェド殿はかなりこちらに馴染んでいるようですな」

亜門はそう言いながら、トルココーヒーを口にする。メジェド神は、少し体を傾けて、考える仕草をした。

『長い年月を経て、我の存在は希薄になっておりました。しかし、或る時、我は多くの信仰の力を得て、この地に降り立つことが出来たのです』

「この地って、日本にですか？」

私の問いに、メジェド神は身体を折り曲げるようにして頷く。

「ふむ……。司君、端末をお借りしてもよろしいですかな？」

「あ、どうぞ」

亜門はカップを置くと、私の携帯端末を受け取る。彼はタップやフリックを使いこなしつつ、検索を始めた。

「成程……」

ほどなくして、欲しい答えに行きついたようである。「何が分かったんですか？」と私は尋ねた。

「メジェド殿が、突然この地に降臨し、更に、かつてとは若干異なる様子だという原因が分かりましたぞ」

「い、インターネットで、ですか？」

書物で調べないなんて、亜門らしくない。ネット文化に異様なほど精通したアスモデウスに、毒されてしまったのだろうか。

そんな私の心配をよそに、亜門は私とメジェド神に端末の画面を見せてくれる。

「あっ」

『おおっ』

その瞬間、疑問と不安が氷解した。

亜門が開いているのは、メジェド神の名で画像検索をしたページであった。そこには、驚いたことに、この奇妙なフォルムの神が描かれたイラストが、大量に表示されているではないか。

「こ、これは……。絵柄からして、新しい画像のようですけど……」

「インターネットの情報によると、二〇一二年に六本木で行われた、〝大英博物館 古代エジプト展〟が発端のようですな。何でも、公開された死者の書に描かれたメジェド殿の姿が、多くの日本人の心を動かしたとのことです」

画像には、実際の死者の書を撮ったものもあった。

そこには、確かにメジェド神がいる。頭から、目が描かれた布を被ったような、奇妙な存在が。

「……シュールだ」

普通の人間のような姿をした者も、動物の頭をした者も、皆が横を向いている中、メジェド神は直立不動で正面を向き、謎《なぞ》の自己主張をしていた。

これは、イロモノ好きの日本人が放って置かないだろう。

事実、インターネット上では、ゆるキャラブームにも似たムーブメントが発生していた。

「このイラストの数々、どっちかと言うとファンアートに近いんでしょうね。確かに、メジェドさんのフォルムが、布っぽく描かれてるイラストが多いな……」

「その概念が、今のメジェド殿に反映されてしまったのでしょうな。本来とはまた異なる概念を持った、新生メジェド殿とでも申しましょうか」

亜門はメジェド神の方を見やる。

すると、メジェド神はうつむいて、ぷるぷると小刻みに震えていた。本来とは異なる姿になってしまって、しかも、ミーハーな日本人に勝手に盛り上がられて、怒っているのだろうか。

ここは、私が謝っておいた方が良いかもしれない。

「あの、メジェドさん……」

恐る恐る声を掛けるものの、メジェド神は勢いよく顔を上げた。

『すばらしい!』

「ええーっ」

メジェド神の目は輝いていた。どう見ても、布に描かれた絵のようだが、キラキラと輝いて見えた。

『この国の民は寛容であり、創造力が絶大だ! 我を描いた者の敵も打ち倒さなくては!』

「う、打ち倒すって……」

『決まっているであろう。我のこの目で打ち倒すのだ!』

メジェド神は、くわっと目を見開く。先程、熱線で床を焼いたその両目を。

「ひえっ」と叫ぶ私の前に、亜門の手が伸ばされた。その大きな手で、メジェド神の視線を遮るように。

「気合いが充分なところで恐縮ですが、今は平和な時代ですからな。それに、この国の民はこの国の神々の加護もあります。あまり出しゃばった真似《まね》は、なさらない方が賢明ですぞ」

『む……。そうですね……。しかし、打ち倒す者というのが我の存在意義。役目を果たさなくては、いずれ、全く異なる存在に成り下がってしまうでしょう』

「メジェド殿は、名前に強く縛られておりますからな」

亜門は困ったように顎を擦る。

「あ、あの……」

私は、遠慮がちに挙手をする。

「おや。司君、何か妙案ですかな？」

「お役に立てるかは分かりませんけど」と前置きをしながら、私は答えた。

「火力を調整すればいいんじゃないかなって、思うんです。平和と言っても、物騒なことも多い世の中だし、メジェドさんが防犯をしてくれて、且つ、手加減をしてくれればいいんじゃないかなって……」

床を焼かれては困るし、命を取られても困る。しかし、威嚇程度の熱量ならば問題もないだろう。

「閉店後の書店を巡回していたのだって、スタッフはびっくりしただろうけど、大事なことですし」

『人の子よ……』

メジェド神は震える。今度は感動してくれているのか、目が潤んでいた。

「そうですな。何事も、ほどほどにすれば良いでしょう。その時代の、その土地にあったやり方をすれば良いのです」

亜門も深く頷いてくれた。

「珈琲豆の煮汁も、粉の入ったトルココーヒーも、いつも飲んでいる抽出された珈琲も、いずれも珈琲という一つの概念です。時代が変わり、姿形が変わり、視線の威力が変わろうとも、メジェド殿はメジェド殿ではありませんかな?」

『おお……。そう言えば、あなたもそうでしたね』

「ええ。そういうことです」

亜門もまた、宗教的な背景や、時代によって変わっていった。

私は、亜門を見つめるメジェド神を眺める。そう言えば、彼は私の全く知らない亜門を知っているのか。

そう思うと、少しだけ疎外感を覚える。折角の再会だというのに、自分がいては邪魔ではないかとすら思う。

手持ち無沙汰《ぶさた》で、すっかり粉ばかりになってしまったトルココーヒーに口をつける。苦さと甘さが濃縮された不思議な味わいが、口の中に広がった。

そんな私の視界の隅から、ずいっと白い塊が接近する。

『時に、ツカサと言ったな』

「ひぃ、何ですか！」

メジェド神の顔が、視界いっぱいに広がっている。目から光線を出さなくても、その眼力で打ち倒されそうだ。

『お前のアドバイスには感謝をしている。お前の敵も、打ち倒してみせよう』

「け、け、結構です！　敵なんていないですし！」

慌てる私に、亜門はのんびりと言った。

「司君、有り難くお受けしておきなさい。メジェド殿の守りは堅牢《けんろう》ですぞ。防犯にも良いかと」

「堅牢過ぎるセキュリティでは⁉」

断れる雰囲気ではない。結局、その場は承諾してしまった。

だが、メジェド神も守るものが増えて忙しいだろう。何だかんだ言って、結果的に、私のことは放って置いてくれるに違いない。

そう高を括《くく》っていた私であったが、その日の夜から、主に独りでいる時に、視界の隅でちらちらと揺れ動く白い影を見かけるようになったのであった。

第二話　司、亜門と真実を見極める

その日も、いつものように出勤するところだった。

神保町駅を出て、喫茶店〝さぼうる〟の前を横切り、裏通りを真っ直《ます》ぐと行くと、神保町のランドマークと化した新刊書店がある。今日は晴れているものの、路地裏は建物がせめぎ合っているので、空が狭く見えた。

正にレトロという言葉がぴったりな煉瓦《れんが》造りの店が並ぶ狭い通りは、明治や大正、昭和初期の頃《ころ》にタイムスリップしたのではないかと錯覚させられる。

「この通りも、ずいぶんと慣れたものだよな……」

通い始めた頃は、毎日のようにレトロな店の前を通れて、少しは心がときめいたのに。人間の慣れというものは、なんとも罰当たりなものだった。

先日、小倉さんが連れ去られた先の、ミロンガの前を通り過ぎる。ゆっくり出来そうな雰囲気だったので、また今度、立ち寄っても良いかもしれない。

ミロンガを過ぎれば、新刊書店はすぐそこだ。

しかし、そんな私の前に、ちょろりと通り過ぎる影があった。

「なぁ～」

猫だ。小さなぶち猫だった。

「あれ？　何処《どこ》かで見たような……」

私が立ち止まると、猫はさっさと去っていく。

すずらん通りの方へと走る姿を眺めていると、その先に、見覚えがある人影に気付いた。

「あっ」

人影の方も、私を見るなり声をあげる。私よりも年下の少年に見えるその人物は、天使の風音《かざね》だった。

「どうしてここに……」

私は尋ねてから、ハッと気付く。

そう言えば、以前、この辺りでアザリアを見かけたではないか。その時の彼の用件と言えば——。

「探している奴がいるんだ」

風音は、きりりと顔を引き締めてそう言った。

だが、そんな彼の足元に、猫は「にぃ～」とすり寄る。

「こ、こら！　緊張感がなくなるからやめろ！」

「その猫、もしかして、この前の……」

風音が保護していた、怪我《けが》を負った猫だろうか。肯定するかのように、風音は恥ずかしそうに口を尖《とが》らせる。

「元気になったのに、僕から離れないんだ」

「懐いているんだ。良いことじゃないか」

「良くない！」

風音は抗議の声をあげる。猫はびくっと身体《からだ》を震わせたかと思うと、ぺたんと耳を伏せてしまった。

「あ、いや。悪いわけじゃないんだ。だが、ほら、危ないだろ？」

風音は慌てて、猫を抱え上げる。猫は無抵抗だった。最早《もはや》、親だと思われているのではないだろうか。

風音は猫をしっかりと抱きかかえると、こほんと咳払《せきばら》いをする。

「今探しているのは、危険な相手でな」

「そ、そっか……」

何となく予想が出来てしまった私は、極力関《かか》わらないようにするために、半歩ずつ後ずさりをし始める。

「アスモデウスという魔神なんだが、お前は心当たりがあるか？」

「な、な、ないです！」

思わず敬語になってしまった。

「本当か～？」

風音は胡乱《うろん》な眼差《まなざ》しを寄越す。私は思わず目をそらす。努めて冷静にならなくてはと思うものの、身体は思い通りに動いてくれない。

「ふぅん。まあ、お前が天使相手に嘘《うそ》をつけるようにも見えないしな」

風音は私をじろじろと眺めた挙句、ひとりで納得してくれた。

彼は私を信頼しているのか、それとも腰抜けだと思っているのか、どちらにせよ、私の心は罪の意識でいっぱいだった。私が彼らの主を崇《あが》めていたら、きっと地獄行き確定だろう。

「とにかく、気を付けろよ。この辺りをうろついていることは確実だ。奴の瘴気《しょうき》も残留している」

「瘴気？」

「魔神が発する悪い気さ。人間が浴び過ぎると体調が悪くなったり、呪《のろ》われたりする。お前の保護者は、力をかなり失っているし、元々持っている気が悪くはないから、瘴気を発することはないだろうが」

保護者とは、亜門のことか。言い得て妙なので、甘んじて受け入れよう。

「……それって、出自のせいかな」

ぽつりと呟《つぶや》いた言葉に、風音は目を丸くする。

「そう——かもな。元々こっち側だっていう噂《うわさ》も聞いたことがあるが、ラファエル様が否定されていたし」

「僕は、生まれながらの魔神って聞いた」

「誰から？」

「亜門から」

「ああ。それならば、そうなんだろう。瘴気を持っていることも、ラファエル様のお言葉とも一致するし」

風音は納得するように頷く。

「それじゃあ、あまり生き物とは触れ合えないのか……」

「ああ。長時間、共に過ごすなんて以《もっ》ての外だ」

風音は、猫を抱きながらきっぱりと言った。

「……そうか」

「とは言え、ソロモンのような術者ならば別かもしれないな。連中は、自身を守る護符などを用いることで、魔神と対話をするわけだし」

「ああ、なるほど」

私は納得するものの、風音は胡散臭《うさんくさ》いものを見るような目を寄越してきた。

「何で嬉《うれ》しそうなんだ。アスモデウスと交流でも深めたいのか」

「えっ？　あ、いやいや！」

無意識のうちに、嬉しそうな顔をしていたらしい。

（アスモデウスさんと仲良くなるとかならないとか、そういう話じゃなくて……）

生き物と長い時間触れ合えないのであれば、寂しいのではないだろうかと思っただけだ。

アスモデウスにとっては、余計な気遣いかもしれないけれど。

「まあ、いい。アスモデウスに出会ったら――」

「風音君に、教えればいいかな……？」

「い、いや」

意外にも、風音も及び腰だった。

「全力で逃げるか、ラファエル様を呼んでくれ。今日も、この辺りを見回って下さるようだし。ま、まあ、僕を呼んだら、僕も駆けつけるけどな」

「風音君、もしかして、アスモデウスさんが怖いの……？」

「バカ！　そんなわけがあるか！　ラファエル様の宿敵とは言え、怖くないからな！」

風音は、目を剥《む》いて咆《ほ》える。私は、それ以上追及しないでおこうと思った。

風音は切らした息を整えると、猫を抱いたまま踵《きびす》を返す。

「まあ、せいぜい気を付けるんだな」

「パトロールの続きに行くの？」

「いいや。こいつを他の仲間に預けてくる……」

彼の腕の中で、ぶち猫は「にゃぁ」と鳴いた。すっかり居心地がいいらしく、団子のように丸まっている。

「お気を付けて……」

それはあちらの台詞《せりふ》のような気がしつつも、私は風音の後ろ姿を見送った。

「……アザリアさんもいるのか。あのふたりが会ったら、どうなるんだろう」

魔神アスモデウスと、大天使ラファエル。この両名の対決は、見てみたいと思うけれど、巻き込まれたくないと心底思う。

私も踵を返し、新刊書店へと向かった。

新刊書店に入ると、開店直後ということもあり、客はまばらだった。

ゆったりとした店内を眺めながら、エレベーターで四階へと上がる。扉が開くと、そこには見知った顔があった。

「いらっしゃいま——なんだ、名取か」

生気のない目で迎えてくれた書店員は、友人の三谷だ。相変わらず、大量の本を抱えて棚に差している。

「何だとはなんだよ。一応、客……とはちょっと違うか」

私は冷静になり、そっと訂正した。三谷は、よろしいと言わんばかりに頷《うなず》く。

「うちで買い物をしてくれてはいるものの、毎日客として来てるわけじゃないだろ？　どっちかと言うと、テナントの従業員みたいな立場だしな」

「それも、無断で入っているっていうやつな……」

私はつい、周囲を気にしてしまう。縮こまる私を見て、三谷は「まあいいけど」と溜息《ためいき》を吐《つ》いた。

「古書館とは競合しそうだけど、亜門さんの店に入れる人間は限られてるしな。それに、亜門さん自体がうちのお得意さんだし、座敷童《ざしきわらし》的な存在だと思ってるよ、俺は」

「随分と大きな座敷童だ……」

「……俺も、自分で言って、この喩《たと》えはどうかと思った」

三谷は薄い眉《まゆ》を寄せる。

「それにしても――」

私は、三谷が手にしている本を見やる。

民俗学について書かれた、ハードカバーの分厚い本だ。タイトルもお硬く、私が読もうとすれば、三分で夢の中に行けそうである。

「こういう本も、ちゃんと需要を考えて作られているんだな……」

「ど、どうしたんだよ。いきなり」

三谷は珍しく動揺しつつ、その本を棚に差す。

「いや、先日、編集さんの話を聞いちゃって……」

「へー。ラッキーじゃん。俺はあの辺の人達と、直接縁が無いからな」

「そうなのか？」

「いや、だって、俺は売る側の下っ端だしさ。向こうは、作る側のかなり川上の方だろ？遠いって」

偶《たま》に、編集者が自ら、自分が担当した作品を店に売り込みに来ることもあるのだという。だが、応対するのは、主に三谷の上司の役目だった。

「俺らと直接やり取りしてるのは、基本的に営業さんだよ。出来たものを売り込む人達が、出来たものを売る俺達とやり取りをするわけ」

「それじゃあ、作る側のことは意外と知らないんだな……」

「だな。俺達は完成したものを何とかして売って、明日のおまんま代に変えるってことに専念するわけさ」

三谷は、妙にじじむさい表情でそう言った。

「売れなかったら……」

「おまんまが食えなくなる。最悪、生きていけなくなる。俺達は、霞《かすみ》を食って生きてるわけじゃないしな。物を売るっていうのは、大事なことさ」

そして、物が売れるというのは幸せなことだ。三谷はしみじみとそう言って、抱えた本を次々と棚に収めていった。

「みんな、すごいな……」

私の口から、そんな一言が漏れ出した。三谷は、きょとんとしてこちらを見つめる。

「あっ、ほら、亜門のところは、そういうのとは違うからさ。あそこはそういう次元から外れているというか……」

「ああ。亜門さんは霞すら食わなくても大丈夫そうだしな」

三谷はしみじみとそう言った。

「でも、いいじゃないか。あのひと、資産がたくさんあって年金生活をしているご隠居さんみたいなものだろ？　お前が死ぬ前に資産が尽きるってことも無さそうだし、もう、永久就職しちゃえよ」

「それはどうも、意味が違う言葉になるような……」

だが、亜門に雇われ続けるということが、最も安定しているというのは事実だ。

不慮の事故さえなければ、亜門は私よりも先にいなくなることはないだろう。それに、浮世が不況になっても、亜門に影響を及ぼせるとは思えない。

「……でも、僕は」

「うん？」

「それで、良いのかなと思って」

「良いのかなって?」と三谷は訝《いぶか》しげだ。

「ずっと変化が無く、安心して生涯を過ごせるのは有り難いと思う。だけどさ、死ぬまで安寧の日々を送っているのって、なんだか――」

「怠惰で、堕落している気がする?」

三谷の言葉に、ハッとした。

「まあ、確かに亜門さんのところだと、甘やかされ過ぎて牙《きば》を抜かれそうだよな」

「き、牙は別にいいんだけど……」

誰かに噛《か》みつきたいわけではない。

だが、私は変化が欲しかった。移ろいゆく世界をただ見つめているだけではなく、何かしらの形で関わっていたかった。

「良いんじゃないの? ここで生粋の悪魔だったら、ツカサを上手《うま》く丸め込もうとするだろうけど、亜門さんはそういうひとじゃないしさ。雛鳥《ひなどり》の巣立ちだと思って、喜んでくれると思うぜ」

生粋の悪魔という言葉に、アスモデウスの顔が過ぎる。だが、すぐに首を横に振った。

「まあ、亜門だったら手放しに喜んでくれそう……」

「何なら、仕事場に来てくれるだろうな。保護者会みたいに」

どこぞの会社に勤めている私、そして、それを背後から眺める亜門。想像すればするほど、シュールである。

「それにしても、巣立ちの時が来たとはねぇ」と、三谷は遠い目をする。

「いや、まだ何をしたいかも決まってないのに。それに、亜門から離れたいわけじゃないしさ。出来れば、今の仕事をしながら、世間の変化に触れられる仕事がいいかな。――って、そんな都合のいいもの、あるわけないけど」

苦笑する私を、三谷はじっと見つめる。

「な、何だよ」

「いや、あるじゃん。そんな名取向けの仕事が」

「何処に」と尋ねる私に対して、「ここに」と三谷は自分を指した。

正確には、自分が付けている作業用のエプロンだ。胸に、書店のロゴが入ったこの店の。

「無理無理無理無理！」

「ここで働けば、いつでも亜門さんに会えるだろ？」

「いや、そうだけどさ。でも、三谷だっていつも忙しそうだし」

開店直後はそこまででもないが、正午前後と夕方から閉店にかけては、三谷に話しかける余裕はなかった。接客をしているか、入荷した本を棚に並べているか、一階でレジを打っているかのどれかである。

「忙しいさ。だから、人手が欲しいんだよ。お前も一緒にレジを打てよ」

「ううう。そこが狙《ねら》いか……」

「お前も、本のことはよく分かって来ただろうし、即戦力だよ、即戦力」

「そんなこと言ったって、古い本の知識くらいしか無いって」

「新刊はまあ、仕事をしてるうちに覚えるさ」

「接客の経験も無いし……」

「大丈夫。お前、顔は良いからさ。後は無礼さえしなければオッケーだ」

褒められたんだか、良いようにあしらわれたんだか分からない。兎《と》に角《かく》ここは、素直に喜ぶべきシーンではないことだけは分かった。

「じゃあ、要検討ってことで……」

「ちっ。受け流すのも上手くなったな」

三谷は露骨に舌打ちをする。ここまで態度をハッキリされると、いっそすがすがしい。

「やる気になったら言えよ。俺もお前のこと推しておくから」という無駄に力強い言葉を背に、私は奥にひっそりとある木の扉までやって来た。

限られた者にしか見えないという、賢者の隠れ家への道である。

「おはようございます……。遅くなりました……」

こっそりと扉を開く。亜門に遅刻を咎《とが》められたことはないが、罪悪感が勝っていた。

「やあ、おはよう。重役出勤じゃないか、ツカサ」

爽《さわ》やかな朝らしからぬ粘ついた声と共に、なかなか痛烈な皮肉が私を迎える。

「アスモデウスさん……」

挨拶《あいさつ》代わりに名を呼ぶと、彼は被《かぶ》っていた帽子を軽く持ち上げる。異形の角が、淡い照明に照らされて艶《なま》めかしく輝く。

「おはようございます、司君。本日も良い朝ですな」

奥の席から、亜門が賢者の眼差しを向けてくる。自立したいという話をしたばかりだというのに、すがりつきたくなってしまった。

「外はその、青空でしたね。とても爽やかな朝でした……」

「その割には、お疲れの様子ですが」

「執拗《しつよう》な勧誘を受けたり、挨拶を皮肉で返されたりしたんで」と私は返す。

「そいつは、災難だったね」とアスモデウスが割り込んだ。

「後半はあなたのことですからね⁉」

思わず目を剝くが、アスモデウスはどこ吹く風だ。亜門に淹《い》れて貰《もら》ったと思《おぼ》しき珈琲《コーヒー》を優雅に啜《すす》っている。

「まあまあ」と亜門は我々のやり取りを遮った。

「司君は、早く上着を脱いでおくつろぎください」

「いや、仕事をしますし。お給料を貰ってくつろぐなんてこと、出来ませんよ」

「司君は勤勉ですな」

亜門が甘やかし過ぎているんです。という言葉は呑《の》み込んだ。

「侯爵《こうしゃく》殿のお気に入りは、闘争心はなくとも向上心はあるらしい」

アスモデウスは、カップをゆらゆらと揺らしながらそう言った。

「そこまで大層なものでは……。それより、アスモデウスさんはどうなんですか？」

「どう、とは？」

「出版したいっていう話でしたけど……」

アスモデウスの手が、ぴたりと止まる。口元に乗せていた笑みも、一瞬で消え失《う》せた。

しまった、聞いてはいけないことだっただろうか。

「あ、いや。何でもないです……」

急いで上着を脱ぎ、クロークに仕舞いに行こうとする。だが、アスモデウスが「あれか」と答える方が早かった。

私の足は、自然と止まる。アスモデウスは、物憂《ものう》げな表情をしていた。

「誰に向けた物語なのか。つまりは、物語とは他人の為《ため》に紡ぐものということだろう？そうする意味が、分からなくてね」

「えっと、それは、売れ易《やす》いように……」

「その原理は理解している」

アスモデウスは、ぴしゃりとそう言った。

「だが、どうしても、それを考えなくてはいけないのかと思ってね。吾輩《わがはい》がやりたいことは極めてシンプルだと思ったが、意外と上手く行かないらしい。やはり、売ることに結び付けるのが良くないのか……」

「作家によっては、気の向くままに傑作が書けるという方もいるかもしれませんが、そういう方は、一握りでしょうからな」

亜門は、読んでいた本を閉じると、奥のカウンターへと向かった。私も改めて、上着と荷物をクロークへと入れ、作業用のエプロンをつける。

亜門は、私がよく使っているカップを棚から用意した。どうやら、私の分の珈琲を淹れてくれるらしい。

「しかし、『誰に向けた物語なのか』という質問は、突き詰めれば、『何を訴えたかったのか』に繋《つな》がりそうですな。あの方は、アスモデウス公に、自分の作品と向き合って欲しかったのではないでしょうか」

「自分の作品と向き合う――ねぇ」

アスモデウスは難しい顔をする。

「あの、アスモデウスさん」

「うん？」

私の呼びかけに、アスモデウスはこちらを見やる。

「アスモデウスさんの作品、ちょっと読んでみたいです。日本語で書かれていたみたいだし、僕でも読めるかな——なんて」

「私も、是非とも拝読したいものですな」

私と亜門の申し出に、アスモデウスの双眸《そうぼう》は輝きを帯びる。だがそれも、一瞬のことだった。

「いいや。駄目だ」ときっぱり断る。

「えっ、どうしてですか？」

「吾輩の作品には、何かが足りないわけだろう？　そんな中途半端なものは見せられない」

アスモデウスは、毅然《きぜん》とした態度でそう断る。

「それは、実に残念ですな」と亜門は明らかに落胆していた。

「納得がいく出来になったら、侯爵殿にも見せるさ」

アスモデウスはそう言うと、ずらりと並んだ本棚を見やる。いや、視線の先は寧《むし》ろ、その背表紙か。すでに出版された本達を見つめる眼差しは、何処か羨望《せんぼう》が混じっているようにも見えた。

「自分の作品と向き合う——か」

アスモデウスが呟くと同時に、隅に並んでいた本が静かに落下する。その場にいた全員が、息を吞んだ。

中途半端に仕舞われていたから落ちたのではない。まるで、自分を手に取ってくれと言わんばかりだった。

「どうやら、アスモデウス公に訴えたいことがあるようですな」

亜門はカウンターの向こうからやって来て、本を丁寧に拾い上げる。床に触れた箇所を軽く払ってやると、アスモデウスへと差し出した。

「どうぞ」

「〝眠れる森の美女〟じゃあないか」

アスモデウスは、その本を受け取った。

「シャルル・ペローの作品でしたっけ」と私は口を挟む。

「その通りです。よくご存知でしたな」

亜門は手放しに褒めてくれた。

「〝青ひげ〟と同じ作者ですよね。コバルトさんから教えて貰いました」

〝赤ずきん〟も〝シンデレラ〟も、ペローの手掛けた作品である。十七世紀のフランスの詩人が紡いだ物語が、今も尚《なお》、世界中で親しまれているというのは凄《すご》いことだ。

「子供も知っている、超ベストセラー作家ですよね。先日のアンデルセンもそうでしたけど。どうしてここまで長く、そして広く読まれるようになったんでしょう」

今は、誰でもウェブを介して世界中に物語を配信出来る時代だ。

だが、十七世紀となると、そうはいかない。この東の果ての地まで物語がやって来るのにも、かなりの時間を要したことだろう。

「シンプルな物語というのは、それだけ心に響くものです。人はその中に、教訓を見出したり、自身と重ねて共感したりするのです」

「それじゃあ、この前の〝マッチ売りの少女〟も……」

「そうですな」と亜門は私の言葉に頷いた。

「苦境に立たされている方は、あの物語を通じて、いずれ救済の迎えが来ると思うことで、ご自分を慰めたのかもしれませんな」

宗教観はそこまで共感出来なかったものの、苦しみからの解放というシンプルな構図は理解出来た。

「……確かに、あの話が大長編だったら、そのシンプルな中身も悟り難《にく》いかな」

私の呟きに、「ふむ」とアスモデウスは相槌《あいづち》を打つ。

「しかし、吾輩の小説を縮めよと主張したいわけではないだろうね」

〝眠れる森の美女〟の表紙を眺めながら、アスモデウスは目を細める。

よく見ればそれは洋書で、ハードカバーの表紙には箔押しで英字のタイトルが記されていた。横たわる美しい女性が描かれていて、インテリアにしても映えそうな装丁だ。

「内容をシンプルにするように助言するのならば、他の本でも良いわけですからな。彼女でなくてはアスモデウス公に申し上げられないという、何かがあるのでしょう」

亜門はサイフォンを火にかけながら、本の表紙を見つめる。

「女性の申し出を聞くのは、吝《やぶさ》かではないがね」

アスモデウスは椅子《いす》に座り直し、「失礼」と表紙をめくった。まるで、女性の手ほどきをするように、丁寧でありながらも何処か艶めかしい仕草に、私は思わず目をそらしてしまった。

「ツカサ君」

「ひゃいっ」

アスモデウスが不意に呼ぶので、声が裏返ってしまう。振り向くと、彼がにんまりと笑って手招きをしていた。

「席につきたまえ。吾輩が読み聞かせてやろうじゃないか」

「け、結構です」

反射的に、お断りをしてしまった。だが、アスモデウスは不機嫌になるどころか、意地悪な笑みを浮かべてこう言った。

「ほう。アモン侯爵の読み聞かせには耳を傾けられても、吾輩の読み聞かせに傾ける耳は無いと？」

「い、いえ、そういうわけでは……」

助けを求めるように、亜門へと視線を向ける。すると、亜門はサイフォンの様子を眺めながら頷いた。

「アスモデウス公の読み聞かせも、なかなかお上手ですぞ」

暗に、「聞いて差し上げなさい」と言われた気がして、最早、私は諦《あきら》めるしかなかった。

〝眠れる森の美女〟の話は、こうだった。


その昔、なかなか子宝に恵まれない王様とお妃《きさき》様に、ようやく一人の娘が生まれた。

そこで、娘の誕生を祝うために、国中の仙女を招待して、小さな王女の名付け親になって貰おうとした。

しかし、王様は最も年嵩《としかさ》の仙女を招待するのを失念していた。何故《なぜ》なら、その仙女は長年引きこもっていて、生きているのか死んでいるのかも分からなかったためだった。

無礼を働かれたと思った年老いた仙女は、王女に死の呪いをかけた。しかし、若い仙女がその呪いを軽減させ、死ぬのではなく百年眠るだけとした。

その後、美しく成長した王女は、仙女の予言通り、紡錘《つむ》が指に刺さって長い眠りについた。

仙女の魔法によって、野生のベリーや茨《いばら》の茂みが、王女が眠る城を隠す。それから百年後、一人の勇敢《ゆうかん》な王子が、その城へと侵入し、眠れる王女のもとへとやって来た。

丁度その時、眠りの呪いが解けるタイミングだったので、王女は眠りから解放され、二人は恋に落ちた。王女が起きたと同時に、王女とともに眠っていた城の臣下も目が覚め、二人は結婚したのであった。

それから、二児を授かったものの、王子は自身の両親にそのことを伝えていなかった。何故なら、母親は人食い鬼の人種だったからだ。

王子の父親たる王様が亡くなり、王子が王様になった時、彼は王女を妃として城に迎えた。

その後、彼は遠征に行くことになった。しかし、その間、彼の母親は、妃とその息子達を食べようとした。彼女らを料理するように命じられた料理長は、機転を利かせて彼女らを逃がした。

だが後に、そのことがばれてしまう。

王様の母親は、獰猛《どうもう》な生き物を使って妃らを処刑しようとするが、早く戻って来た王様が妃らを救い、母親は自分が用意した獰猛な生き物に食べられてしまった。

王様は悲しんだものの、自分の妻と息子達によって、その悲しみも癒《いや》されたのであった。

「めでたしめでたし――というところかな」

アスモデウスはそう言って、そっと本を閉じる。囁《ささや》くように且《か》つ、ねばりつくような声で読み聞かせをされたので、半分くらい頭に入って来なかったが、それだけでも内容を理解することは出来た。

「……王女の目が覚めてめでたしめでたし、じゃなかったんですね」

まさか、第二部があるとは思いもしなかった。王子様の母親が食人鬼だなんて、子供が聞いたら震え上がりそうなエピソードだ。

「勇敢な王子様は、人食い鬼の血をひいているそうじゃないか。恐ろしい母親がいなくってめでたしめでたしと思いきや、第三部があるかもしれないねぇ」

アスモデウスはにやりと笑う。

食人鬼の血に目覚めた王様と、その息子が戦う話などということになったら、最早、全く別の話だ。恋する乙女の憧《あこが》れの物語だったはずが、少年達の喜ぶお話になってしまう。

「まあ、料理長の機転は実に結構じゃないか。あの年頃の子供の肉ならば、仔羊《こひつじ》や仔山羊《こやぎ》と食感が似ている。それに気付く料理長も、吾輩は胡散臭いとは思うがね」

「食感が似ていることを知っているあなたも、僕は恐ろしいです……」

私は、相手に聞こえるか聞こえないかという小声で、そうツッコミを入れた。食人の嗜好が無いという話も、本当かどうか怪しい。

「味付けを指定している辺りは、文明を感じますな。王太后がどのような出自なのかが、気になるところですが」

亜門はそう言いながら、私の分の珈琲を持って来てくれた。

「興味を持つべきところはそこではないのでは……」と私は弱々しく抗議をしてみるものの、王子の母親のインパクトが強過ぎて、よく童話として語り継がれている前半はほとんど記憶に残っていなかった。

「さて。彼女が言わんとしていることは何だろうね。まさか、今晩のディナーのアドバイスをくれようとしたわけではないだろうに」

アスモデウスは珈琲を飲みながら、〝眠れる森の美女〟の表紙を見つめる。私と亜門も、彼の卓について本を囲んだ。

「神保町で誘拐事件を起こすのだけは勘弁して下さいね……」

「この街は富裕層が多いようだから、良いものを食べさせられている子供は多そうだがね」

「仔羊と仔山羊で勘弁して下さいね、ホントに！」

「分かった、分かった」とアスモデウスは苦笑する。

「というか、アスモデウスさんは三分の一が牛で三分の一が羊で、残りが人間っていうわけじゃないんですか……？」

彼の帽子に隠れた角を思い出す。伝説の通りの異形の姿を持っているというのならば、他にも色々と混じっているはずだが。

私の言葉に、アスモデウスはきょとんとした顔をしていた。

「ほぼ間違っていないが、何か関係があるのかな?」

「えっ。共食《ともぐ》いになりません?」

「それはそうだが、何か問題が?」

「アッ、共食いにも罪悪感が無いタイプなんですね……!」

私は思わず震え上がる。思った以上に、こちらの常識が通用しない。

「全《すべ》ては弱肉強食。強い者が弱い者を食らうというだけさ。そこに、種族は関係ない」

アスモデウスはそう言った。彼の考え方は、実にシンプルだった。

「そもそも、そこで澄まし顔で珈琲を飲んでいる侯爵殿も、共食いくらいするだろう」

「えっ! そうなんですか、亜門!」

私がギョッとして亜門を見つめると、彼はコーヒーカップをそっとソーサーに置いて眉《み》間《けん》に皺《しわ》を寄せる。

「大型の梟《ふくろう》は、小型の梟を食べてしまうじゃないか。——なぁ?」

「……失礼ですぞ、アスモデウス公。私は確かに梟の姿をしておりますが、生き物の梟そのものというわけではありません」

亜門はきっぱりと否定する。

「それでは、梟を食すということはないのかな？」

「今は飢えていないので」

亜門はそう言い切った。それならば、飢えていたら食べてしまうんだろうか。霞を食う食わないの話ではなく、血肉が必要なんじゃないだろうか。数々の疑問が生まれるものの、追及するのも恐ろしいので、口にしないでおいた。

「しゅ、主題は肉の話ではないのでは……」

血なまぐさい話から早く抜け出したいという一心で、私は無理矢理話を切り替える。

「おっと、そうでした」と亜門は本来の議題を思い出してくれた。

「今は、〝眠れる森の美女〟が訴えたいことを紐解《ひもと》く時間でしたな」

「物語作りの参考にせよというのかとも思ったが、いささか違う気もしないでもない」

アスモデウスもまた、顎《あご》を擦《さす》りながら難しい顔をする。

「もっとこう、根本的な問題かもしれませんな」

「根本的な……。例えば？」

亜門の言葉に、アスモデウスが問う。

「どのような読者を想定した物語か、という疑問から掘り下げていくとしましょう。そうすると、どのようなことを訴えたいのか。更には、何故その物語を紡ごうとしたのかが問題になって来ます」

「何故、その物語を紡ごうとしたか……」

アスモデウスはそう言ったっきり、沈黙する。彼の中の、記憶の糸を手繰《たぐ》り寄せているのだろうか。それこそ、眠れる王女の城の塔にいた、糸紡ぎの老婆《ろうば》のように。

亜門と私は、その様子を黙って見守る。アスモデウスならば、その紡錘に刺されて眠るということはなさそうだが。

それでも、緊張感が私の身体を締め付ける。カップに添えた手に、じんわりと汗が滲《にじ》んだ。

「ああ、そうか。思い出した」

しばらくの沈黙を経て、アスモデウスは顔を上げる。

「物語を紡ぐ切っ掛けは、吾輩の煮え切らない気持ちだ。あの忌まわしいラファエルの一言が、吾輩の胸に未《いま》だに突き刺さっている。そいつを取り除きたいがために、筆を執ったのだということをすっかり失念していたよ」

アスモデウスは何度も頷く。

ラファエル——アザリアの言葉というのは、人と魔の者が結ばれてはいけないということだろう。

「その疑問を、読者に投げかけたかったということですな」

「そういうことさ。だが、それは読者を限定すべきなのかな。吾輩は、広く意見を聞きたいのだが」

「こちらが対価を支払うならばともかく、代金を支払わせた上に意見を求めるのでは、契約上、公平では御座いませんぞ」

「成程。それは確かに釣り合っていない。しかし、こちらが代金を支払うのではおかしいからな。それで、読者に寄せよということか」

亜門の助言もあって、アスモデウスは魔神なりに納得してくれたらしい。

だが、頭では理解しても、心では納得していないのか、眉間に深い皺を刻んでいる。彼は我々とは違った価値観を持っているようだし、どう納得させるべきなのだろうか。

そうしているうちに、扉をノックする音が聞こえた。

優雅でいて余裕のあるそれは、いつものように珈琲の香りに惹《ひ》かれてやって来た客とは明らかに違っていた。

「どうぞ」と亜門は声を掛けつつも、来客を迎えるために席を立つ。

人間が相手ならば、それは私の役目だが、そうでなければ下手に動かない方が良い。私は背景の一つとなれるよう、気配を殺す準備をした。

亜門が手をかけるより早く、扉が厳かに開かれる。

「御用改めです！」

何かにかぶれたかのような台詞と共に入って来たのは、ルネサンスの絵画さながらの青年——アザリアだった。

「ラファエル！」

アスモデウスが弾《はじ》かれたように立ち上がる。私は思わず、後方に大きく飛び退《の》く。

「貴様、よくもまた吾輩の前に現れたな！」

「あなたこそ、再び地上で相まみえることとなるとは！」

アスモデウスはストールをひるがえし、アザリアに猛然と突進する。アザリアもまた、彼に対抗せんと拳《こぶし》を構えた。

「えっ、アザリアさんは肉弾戦⁉」

剣でも構えるのかと思ったが、そうではなかった。たおやかな雰囲気と軍医という立場を考えると意外だったが、冷静になってみれば、彼の発言のところどころから体育会系な思考が見え隠れしていたではないか。

（いやいや、そんなことはどうでもいいんだ！）

地獄帝国の王の一柱と、大天使がぶつかり合ったらどうなってしまうのだろう。〝止まり木〟や、神保町は大丈夫なんだろうか。

二つの大いなる力がぶつからんとしたその時、その間に、亜門が割って入った。

「お待ちください。お二方がぶつかれば、我が結界も無事では済みません。当店はお客様と言えど、本に危害を加える者は赦《ゆる》しませんぞ」

「どけ、アモン侯爵！　吾輩はこいつの鼻でもへし折ってやらなくては気が済まない！」

アスモデウスは激昂《げきこう》する。アザリアもまた、静かに殺気を放ったままだった。

「やって御覧なさい。その前に、あなたの前歯を砕いて差し上げましょう」

アザリアの方が若干えげつない。私は店の隅で震え上がることしか出来なかった。

だが、亜門はその大きな手で両者を制し、そっとお互いを離れさせる。

「やめて下さい。司君が怯《おび》えているではありませんか。王の位にある一柱と大天使が、揃《そろ》いも揃って大人げないとは思わないのですか」

亜門の言葉に、アザリアの方はようやく私の存在に気付いたようだ。

「これは失礼。私のしたことが、つい、カッとなってしまって……」

ついカッとなって前歯を粉砕されてはかなわない。

「ふん。ここは侯爵殿とツカサの顔に免じて退《ひ》いてやろう」

アスモデウスもまた、帽子を被り直しながら退いてくれた。私は、コメツキバッタのように、へこへこと頭を下げる。

「さて、アザリア殿。何故ここに——というのは、愚問かもしれませんな。一先《ひとま》ず、立ち話も何ですから、こちらにお座りください」

亜門はアザリアに席を勧める。「恐縮です」と一礼してやって来るアザリアの後ろに、ぴったりと引っ付いている存在があった。

「風音……！」

「さっきぶりだな……」

風音はぐったりとした様子だった。その腕には、猫を抱いていない。預けてからやって来たのだろう。

「ラファエル様が、アスモデウスの瘴気を感知して……」

「無理矢理、連れて来られたのか……」

風音は頷く。

きっとその時、彼が近くにいたのだろう。それで、アザリアに同行させられたに違いない。

同情の眼差しを向けると、向こうは苦笑を返して来た。今日はなんだか、仲良くなれそうな気がする。

「さてと。当店にしては、なかなかの大所帯ですな」

亜門は落ち着き払った様子で、カウンターへと向かい、珈琲を淹れ始める。

私も従業員の役目をすべく、その後を追った。背中からは、ピリピリとした殺気を感じながら。

「ううう……。最悪のメンバーだ……」

「まさか、あのお二方が再会するとは思いませんでしたな……」

亜門も、若干遠い目をしている。

「亜門が止めてくれなかったら、とんでもないことになっていましたね……」

「お二方とも、基本的には冷静なのですが、偶に羽目を外すことがありますからな」

「羽目を外して店を吹き飛ばされちゃ困りますって……」

私は、追加分のコーヒーカップを用意する。すると亜門は、「淹れ直すので、人数分頂けますかな？」と準備をしながら言った。

「あ、それじゃあ、先に出したカップは片付けましょうか？」

「いいえ。それは後で構いません。今は、一刻も早く、あの場の雰囲気を和ませたいのです」

亜門は小声でそう言った。

「ああ、確かに……」

「私も、冷静なように見えるかもしれませんが、内心は動揺をしているのです。兎に角、早く落ち着き、お二方のフォローに回らなくては」

亜門が向き合ったのは、サイフォンではなくエスプレッソマシンだった。

「あれ？もしかして、苦みの強い珈琲で頭を冴《さ》えさせる作戦とか……」

「どちらかと言うと、場を和ませるのが目的ですな」

エスプレッソで場を和ませるとは、どういうことだろう。

私が首を傾げているうちに、亜門はエスプレッソマシンを稼働させ、珈琲を淹れていく。

だが、その様子はいつもと違っていた。

エスプレッソを淹れた後、亜門はいつの間にか用意していたミルクを注ぐ。浮かんだ白く繊細な泡に、針のようなピックを入れ、何やら絵を描き始めたではないか。

その動作を、私は見たことがある。

「ラテアートだ！」

そう。亜門はエスプレッソの泡たるクレマを使って、絵を描いていた。アートで心を和ませるという作戦らしい。

かくして、人数分のラテアートが完成した。

私はそれぞれの席に、ラテアートを施されたエスプレッソを置いて回る。

（亜門は、自分で言う以上に動揺しているな……）

私のカップの中には、ハムスターのような小動物が描かれていた。アスモデウスのカップには羊と牛、アザリアのカップには白鳥、亜門本人のカップには、梟が描かれていた。

いずれもやけに写実的で、あまり可愛いとは言い難い。アスモデウスもアザリアも、くすりともせずに押し黙っているので、場を和ませる作戦は失敗していた。

唯一、猫が描かれていた風音は、目を輝かせて喜んでいたけれど。

「さて。大天使殿が、吾輩の友人の住処《すみか》までわざわざ足を運んだのは、どのような用件があってのことかな」

アスモデウスは刺々《とげとげ》しい口調でそう言った。

「なんと白々しい。最近は、この辺りをパトロールしていたのです。トーキョー支部に所属している天使が、大魔神たるあなたがこの辺りをうろついていたのを見たと教えてくれたのをきっかけにね」

「ほう？」とアスモデウスは視線を移す。

アザリアの隣で、風音は「ヒエッ」と小さく悲鳴をあげた。アスモデウスの鋭い眼差しが、彼を射抜いたからである。

「天使殿がそんなにこそこそと吾輩のことを監視しているとはね。もっとやることはあるんじゃないのか？」

「人の子に危害が加えられる前に防ぐのも、我々の大いなる役目です」

アザリアはきっぱりとそう言うと、私の方を向いた。

「へ？　僕……？」

「ええ。あなたはアモン侯爵や、バアル――いや、コバルト殿とずいぶん交流があるようですし、それでかなり感覚が麻痺《まひ》していると思いましてね」

「い、いや、でも、僕は何もされてませんし」

だいぶ振り回されはしたけれど、危害を加えられたことはない。勢いよく首を横に振る僕を、「いいえ」とアザリアは諭すように見つめて来た。

「されてからでは遅いのです。今はまだ平気かもしれませんが、いずれ——」

「そ、そんなことを言ったら、何でもかんでも危険になるんじゃないですか……？」

私はアザリアに抗議をする。しかし、アザリアは退くことなく、こう続けた。

「彼は、前科があるのですよ。サラの話を忘れましたか？」

アスモデウスは、かつてサラという女性に取り憑《つ》き、彼女に言い寄る男を次々と殺《あや》めて来た。その話が、一瞬にしてフラッシュバックする。

私は、アスモデウスの方を見やる。だが、彼は弁解することなく、黙ってエスプレッソを呷《あお》っていた。

「彼は、人の子の命を何とも思っておりません。あなたが邪魔になれば、必ずや牙を剝くでしょう」

「そ、そんな……」

私が反論出来ないでいると、「安心するがいい、ツカサ」とアスモデウスが口を挟む。

「君は、吾輩の邪魔をしないように動いてくれているじゃないか。そのままでいてくれれば、吾輩は危害を加えたりしない。無駄な殺生は嫌いでね」

アスモデウスが薄く微笑む。

違う。そんな言葉が欲しいわけではない。

彼との決定的なずれを感じる。相手がネズミのように矮小《わいしょう》な力の持ち主であっても、交流をすれば、少しは情が生まれるのではないだろうか。亜門のような慈しみまでは生まれないにしろ、立ちはだかった時に多少は躊躇《ため》ってくれるくらいはしないだろうか。

アスモデウスの言い方では、仮に私が彼の前に立ちはだかったら、その時はあっさりと切り捨てられるのではないだろうか。

（そうだ……！）

ずっと抱いていた違和感の正体に、私は気付いた。

アスモデウスがサラに惹かれ、サラの周りに集まる男達を殺し、それをアザリアが阻止して退けた。その話の中に、重要なパーツが欠けていたのだ。

「あの、アスモデウスさん……」

「何だい？」

「サラさんって、アスモデウスさんをどう思っていたんですかね。その、サラさんの周りに集まって来た男の人達を殺したのって、サラさんの合意の上なんですか？　それとも、アスモデウスさんが勝手に殺したんですか……？」

しん、とその場が静まり返る。

しまった。私は余計なことを聞いてしまっただろうか。

アザリアが答えようとする。だが、アスモデウスの手が、それを制した。

「何故、そこで彼女の気持ちが必要なんだ？　吾輩は、彼女が清いままでいるべきだと思ったから、彼女を穢《けが》そうとする者達を殺した。それだけのことさ」

「それじゃあ、サラさんの合意は無かったんですね……？」

「何故、吾輩のすることに他人の許可がいるんだ。もし、彼女が否と答え、それに従ったとしよう。そうすれば、彼女は下賤《げせん》な人間の男達に穢されてしまうんだぞ？」

「で、でも、もし、サラさんが望む相手だったらどうするんですか？　望む相手と結ばれるのならば、サラさんは幸せじゃないですか……！」

「そうなったら、吾輩の気持ちはどうなる」

「そ、それは……」

私は言葉に詰まった。アスモデウスは、そこに畳みかけるようにこう言った。

「他人のことを考えるがゆえに、己を殺すなど愚行だ。そんなことをしていたら、何も出来なくなるだろう。世の中には、自分と異なる意見の持ち主や、相反する意見の持ち主がいる。それらを聞き入れて己を殺すより、それらを殺して己を通した方が、ずっと有意義だ。——そうは思わないか？」

「それは——」

アスモデウスは拳を握りしめる。

自身の意見に相反する者達は、その拳で打ち倒して来たのだろう。

確かに、誰かの意見を聞いて場の空気ばかり読んでいては、何も出来ない。私が正にそうだった。

だが――。

「アスモデウスさんの言わんとしていること、分からなくもないです……。でも、僕は出来るだけ不幸になる人を減らしたい。……だから、時には人の意見を聞いて、妥協することも必要だと思うんです……」

つい、声量が小さくなってしまう。それでも、何とか消えてしまわないように、自分を奮い立たせて意見を述べた。

アスモデウスの表情が、見る見るうちに不機嫌になる。痛いほど感じるのは、敵意だろうか。私も、彼の前に立ちはだかる者として認識されてしまったのだろうか。

そんな我々の間に、亜門とアザリアが割って入る。

「ツカサの言う通りです。あなたは、自重する術《すべ》を身に付けなさい」

アザリアの言葉を、アスモデウスは鼻で嗤《わら》った。

「あってあるものの手先たる大天使殿がよく言う。そこにいるアモン侯爵を神の地位から蹴落《けお》としたのは誰だ」

「そ、それは……」

「吾輩は元より魔神だがね。しかし、元々はあってあるものの配下だったのではないかという説まで唱えられ、心底迷惑しているところさ」

アザリアは、アスモデウスに反論が出来なかった。ぐっと押し黙り、不甲斐《ふがい》なさそうに目を伏せている。

風音は何かを言いたそうにしているが、すっかり怖気《おじけ》づいてしまっているらしい。

彼らの主に絶対的な信頼を寄せている風音ならば、反論したいところだろう。しかし、アザリアは客観的に自分達を見る目も持っているため、アスモデウスに言い返せなかった。

「侯爵殿も、吾輩の意見には同意して貰えないのかな?」

アスモデウスが鋭く尋ねる。亜門は猛禽《もうきん》の瞳《ひとみ》で彼を捉《とら》えたまま、こう言った。

「私は争いを好みません。ゆえに、他者の意見を取り入れ、争いの少ない道を選ぶのです。それが、私にとって我を通すことになりますな」

「成程ねぇ。飽くまでも、平和主義者ということか」

「争いごとをしていると、ゆっくりと読書が出来ませんからな」

亜門らしい理由だった。アスモデウスの剣幕に怯えていた私から、緊張がほぐれていくのが分かる。

私をかばうような姿勢のまま、亜門は続けた。

「アスモデウス公。あなたは、人と魔神が何故結ばれてはいけないのかと疑問に持っておりましたな」

「ああ。そこの大天使殿がそう言ったものでね」

アスモデウスは、忌々しげにアザリアを見やる。

「その議題に関しては、個人的に思うことはありますが、さて置きましょう。問題は、それ以前のことです」

「それ以前のこと……？」

アスモデウスは、訝しげに問う。

「あなたは、サラ嬢とどう結ばれるおつもりだったのですか？　あなたは、彼女の純潔を守りたがっていた。しかし、彼女に手は出さなかった。あなたは、ご自分のお気持ちを伝えたのですか？」

「ああ、伝えたさ。だが、彼女は吾輩を選ばなかった」

それで、強硬手段に出たのだろう。そこまでの流れは理解出来た。しかし――。

「どうして彼女があなたを選ばなかったのか、考えたことは？」

亜門の鋭い問いに、アスモデウスは言葉に詰まる。

何としてでも我を通そうとする彼のことだ。そんな余裕もなければ、そんな考えもなかっただろう。

アスモデウスは、絞り出すような声でこう言った。

「それは、吾輩が……魔神だから――」

「アスモデウス公、分かりましたぞ」

亜門は、溜息まじりで静かに答えた。

「あなたはアザリア殿の言葉で、ご自分を縛っていたのです。それを言い訳にして、根本的な問題から、目を背けていたのです」

「――っ!」

アスモデウスが眦《まなじり》を決する。

周囲が一気に緊張し、空気が張り裂けそうになった。

私はアスモデウスの激昂を覚悟したものの、振り上げられそうになった拳は、途中で止まってしまった。

「……………くそっ。何たることだ……!」

アスモデウスは、呪うように言葉を吐いた。

それが、何に向けられているのか分からない。自分の失態を認めたのか、それとも、別の感情か。

アスモデウスはストールをひるがえすと、無言で出入口に向かう。

「あっ、ま、ま、待て!」

風音の裏返った声に振り返ることなく、アスモデウスはそのまま店を後にした。扉が閉ざされる音が響く。後には、気まずい沈黙が残った。

「あの、僕、行って来ます！」

私はとっさに立ち上がる。

亜門をはじめとした、その場の皆が目を丸くするのを見届けたのを最後に、私も扉から飛び出してしまったのであった。


アスモデウスは〝止まり木〟を出ると、新刊書店のエスカレーターを大股で駆け下り、明大通りへと向かった。

彼の足はとても速い。私は小走りになりながら、彼の背中を必死に追った。

明大通りは学生が多く、五、六人が固まってお喋《しゃべ》りをしていたり、道幅いっぱいに広がっていたりする。だが、アスモデウスがやって来ると、退《ど》けと言われる前に、自然と道を開けた。私がいくら「すいません……」と声を掛けても、お喋りに夢中になってどかないくせに。

（王の位に立つものだしなぁ……）

その威厳とカリスマ性のせいだろうか。

私はその威を借りるように、彼が通って人の波が退いたところをすり抜けた。

アスモデウスの主張を聞いていて、少しだけ実感したことがある。それは、彼と根本的な考え方が違うということだ。

こちらの常識は通用しない。だが、それは彼の悪意のもとでやっているのではなく、彼の常識と私の常識がかけ離れているだけのように思えた。

(生まれながらの魔神……か)

亜門がそう言って自分との接触を避けさせたのは、その所為なのかもしれない。決してアスモデウスを信頼していなかったわけでも、私に対して過保護になっていたわけでもないのだろう。

(多分、常識や価値観の違いで、トラブルが起きることを危惧《きぐ》していたんだな……)

それで、お互いが険悪になる程度ならば、亜門が仲を取り持ってくれるかもしれない。

しかし、アスモデウスは力加減すら違う。万が一、彼が手を上げる事態になったら、私はサラに言い寄った男達と同じ運命を辿《たど》ることだろう。

そう思うと、ぞっとしてしまう。

(というか、何処まで行くんだろう……)

アスモデウスは、大学や楽器店などが並ぶ明大通りの坂を上り、御茶ノ水駅を通り過ぎる。私はそろそろ息が上がって来た。

(僕は一体、何をしているんだろう……)

私が彼の後を追って、一体何になるというのだろうか。

そう思っていると、アスモデウスは唐突に立ち止まった。ＪＲ線の線路を眼下に、そして、秋葉原方向に聖橋《ひじりばし》が望める橋の途中だった。

橋の下には神田川が流れている。その両側は、土手になっていた。春になれば、この場所は桜で満たされる。

そして、建物に囲まれた街の中と違い、橋の上には街灯くらいしかない。

そのため、空は広かった。その色は青く、驚くほど澄み渡っていた。車両の交通量の多い橋なので、空気までは澄んでいなかったが。

「ツカサ、ついて来たのか」

私に気付いたアスモデウスは、欄干に背を預ける。

「侯爵殿に言われたのかい？」

「い、いいえ。気付いた時には、身体が動いていて……」

ぼそぼそと口ごもる私に、アスモデウスは目を丸くする。だが、すぐにくすりと笑った。

「あの中では、最も吾輩から離れそうだと思ったんだがね。そんな君が、今、吾輩に最も近い場所にいるとは」

「……正直、そこまで平気なわけじゃないんですけど」

「では、何故、吾輩から離れないんだい？」

アスモデウスは、左右非対称に笑う。

「何だか、あなたを独りにしておけなくて……」

「これは——ああ、そうだ。気遣いというやつか」

納得するアスモデウスに、「そうなんでしょうか……」と私は首を傾げる。

本当に、自分がどうして飛び出して来たのかが分からなかった。人の命を奪うことに躊《ちゅう》躇《ちょ》もない上に、それを容易に出来てしまう力の持ち主が相手だというのに。

「気遣い、か。それはなんだか——」

アスモデウスは天を仰ぐ。ストールの上から、自身の胸を擦った。

「この辺りが、むず痒《がゆ》いな」

「そ、そうですか……」

そんなことを言われると、こちらも何やらむず痒くなって来る。引いていた血の気が一気に戻って来たように、頬《ほお》が火照《ほて》って来た。

「ツカサ、君はサラに似ている」

「へ？」

思ってもいなかった言葉に、私の目が点になる。

「彼女の方が、気が強く、聡明だったがね」

「そ、そうですか……。それは最早、似ていないのでは……」

暗に馬鹿にされているのだろうか。気と頭が弱く、女顔だとでも言いたいのだろうか。

「彼女と話している時も、この辺りがむず痒くなり、胸がぎゅっと締め付けられるような感覚を味わっていてね。それは、初めて感じるものだった……」

アスモデウスは、独白のようにそう言った。

「彼女よりも美しい女性も、気が強い者も、聡明な者も手に入れて来た。だが、彼女に対する胸の高鳴りに、勝るものは感じなかった」

「そう……ですか……」

アスモデウスにとって、サラは唯一無二のものだった。その存在感は、この会話だけで充分に伝わって来た。

「ツカサに対する感情も、彼女に及ばないにしても、少しだけ似ているのかもしれないな」

「そう……ですか――って、ええっ⁉」

私は目を剝く。しかし、アスモデウスはこちらを見つめていた。あの悪戯《いたずら》っぽい表情ではなく、真摯《しんし》でいて、熱い眼差しで。

「どうだね。吾輩の城まで来る気はないかな?」

「い、いえ……。というかそれ、地獄帝国っていうか、魔界的なところですよね……。きっと僕は生きていけないんじゃないかなーって」

「吾輩の城の中ならば、人間が住めるようになっている。城の中は広いし、何でもあるから、不自由も退屈もさせないさ」

「いや、でも……」

アスモデウスは欄干から身を起こし、私に向かって一歩踏み出す。私は摺《す》り足で、一歩下がった。

「僕には、古書店の仕事がありますし……」

「吾輩の城で暮らすならば、仕事なんぞしなくてもいい。毎日遊んで暮らせるほどの生活を保障しよう」

「で、でも――」

「勝手に、我が古書店の従業員を勧誘しないで頂きたいものですな」

下がろうとした先から、聞き慣れた声が響く。

振り返って声の主を見た瞬間、私の緊張は一気にほぐれ、涙が出そうになった。

「亜門！」

「アスモデウス公の城を就職先にすると、住み込みになってしまいますからな。ご友人とも会えなくなってしまいますぞ」

亜門は、私の肩を軽く叩《たた》く。大きな掌《てのひら》の感触に、私は安堵《あんど》の息を吐いた。

「それは、困りますね……。何だかんだ言って、三谷と話すのも習慣になっちゃってますし」

「とは言え、あちらはいつも仕事中なのでしょう？　ほどほどに」

「ははは……」

片目をつぶる亜門に、私は苦笑を返す。

そんな様子を見て、アスモデウスは盛大に溜息を吐いた。

「やれやれ。主人の登場か」

「いいえ。雇用主と従業員という立場ではありますが、私と司君は友人同士。その関係は、対等です」

亜門は、私をかばうように前に出る。その手には、〝眠れる森の美女〟が携えられていた。

「対等――ね。侯爵殿とツカサでは、立場の差も力の差も歴然だ。それなのに、対等と言えるのかい？　それに、対等になる必要はあるのかな？」

「私が目線を合わせることで、対等になります。そして、対等になる意味は充分にあります」

亜門はきっぱりと言い放った。

「私は、司君に萎縮《いしゅく》して欲しくないのです。私に本音をぶつけて欲しい。たとえ、私の意に反することだとしても、必要とあらば、それを受け入れましょう」

「何故？　自分が気に食わないことをする必要が、何処にある？」

「お互いの絆《きずな》を深めるためには、お互いに譲歩することも必要です。譲り合い、お互いに理解し合うことで、見えて来るものもあるのです」

亜門の主張に、アスモデウスは眉間に皺を寄せる。理解し難いと言わんばかりの表情だ。

「アスモデウス公。神格のあるもの同士であれば、或る意味対等な立場です。そこで、ご自身の力を行使するのは間違ってはおりません。私が気に食わなければ、この場でねじ伏せるのも構わないでしょう。……尤《もっと》も、僭越《せんえつ》ながらこの亜門、全力で抵抗させて頂きますが」

「侯爵殿に力を行使しようとは思わんさ。だから、こうして耳を傾けている」

難しい顔をしたまま、アスモデウスはそう言った。「恐縮です」と亜門は律儀に会釈をする。

「神格がある者と、人間のような浮世に住まう者とでは、アスモデウス公のおっしゃるように、立場が違います。神格のある者の行為は、或る種絶対のものと言えましょう」

ふと、コバルトが嵐《あらし》を起こしていたことを思い出す。嵐も自然災害の一つで、絶対的な力の一つだ。それを防ぐために、人類は日々、腐心している。

「アスモデウス公のお立場ですと、人間の我々に抱く感覚は理解し難いものでしょう。だからこそ、あなたは譲歩の必要性にご理解が無かったのかもしれません」

亜門は、手にしていた〝眠れる森の美女〟をアスモデウスに見せる。

「こちらの内容を覚えておりますかな？」

「ああ。勿論《もちろん》」

読み聞かせをしたばかりだ。覚えていないはずがない。

そんなアスモデウスに、亜門は或る頁《ページ》を見せる。紡錘が若い王女の指に刺さるシーンだ。

「ここからは、ご想像力を働かせて下さい。仮にアスモデウス公が、この王女のお立場だったとします」

「ふむ」とアスモデウスは相槌を打ち、続きを促す。

「ご自身の父親の勘違いで、年老いた仙女の恨みを買い、紡錘に刺されて死ぬ呪いをかけられてしまった。しかし、善良な仙女が呪いを軽減し、百年眠ることになり、王子が迎えに来て目が覚めるという運命を背負わされていたとしたら――」

「吾輩ならば、もどかしくてたまらないね」

アスモデウスは、即答した。

「他人に自身の運命を決められるなんて、とんでもない。しかも、王子が迎えに来るというのも気に食わないな。吾輩ならば、自ら探しに行きたいくらいだ。……この王女は、大変辛抱強いと見える」

吐き捨てるような言葉には、皮肉が込められているようにも聞こえた。亜門は少し苦笑するものの、軽く咳払いをして調子を取り戻す。

「それなのです、アスモデウス公」

「何がだ？」

「サラ嬢のお気持ちです。自分の意志とは関係なく、一方的に殺戮《さつりく》を行われた彼女は、怒ったか悲しんだかは分かりませんが、少なくとも、あなたに反発心を抱いたことでしょう。それが、あなたを選ばず、アザリア殿の連れて来たトビアス殿を選ぶきっかけになったのかもしれません」

　亜門は飽くまでもきっぱりとした物言いをしていたが、双眸《そうぼう》はどこか哀《かな》しげであった。

アスモデウスもそれに気付いていたのか、亜門の言葉を黙って聞いていた。

「アスモデウス公。力では手に入らないものの方が、実は多いのかもしれません。だからこそ、相手の立場になって、想像力を働かせなくてはならない。そうでなくては、触れたいものも、触れられなくなってしまうのです」

「それはつまり、吾輩とサラが引き離された根本的な原因は、お互いの立場ではなく――」

アスモデウスは眉間を揉《も》む。これから口にすることを、認めたくないと言わんばかりに。

「吾輩が、彼女に歩み寄らなかったことが原因――ということか」

「そう……かもしれませんな。あなたとサラ嬢が上手く行っていたのならば、サラ嬢のもとへアザリア殿がやって来なかったかもしれません。全《すべ》ては、想像に過ぎませんが……」

亜門は、それっきり沈黙する。私も、何も声を掛けることが出来なかった。

眠れる王女のことを、長年、茨の茂みが守っていた。運命の王子が来た時、茂みは王子を中へと招いたのだが、もし、茨が王女に恋をしていたとしたらどうだろう。

王女を独占するために、王子を退けようとしたら。

そうすればきっと、勇敢な王子に焼き払われてしまうに違いない。だがもし、王子と話し合いが出来るのであれば、また違った結末があるのかもしれない。

相手の立場を想《おも》うことで、そして、少し譲歩をするだけで、可能性は大きく広がる。

しかし、アスモデウスは自らその道を閉ざしてしまった。

アスモデウスもまた、何も口にしなかった。彼の心の中で、様々な想いが渦巻いているのだろうか。

陸橋の下からは、列車が走る音が聞こえる。徐々に遠くなるそれを、私達は重々しい空気の中、聞いていたのであった。

幕間　きになる珈琲

積み上げられていた最後の本を棚に差す。

「終わりましたな、司君。有り難う御座います」

亜門の労《ねぎら》いの声が温かい。私の横に置かれていた本は、これで、全《すべ》て無くなった。

と言っても、一段落したというだけだ。店全体を見渡せば、本の山はまだまだ残っている。

「珈琲《コーヒー》をお淹《い》れしましょうか。何か、飲みたい珈琲はありますかな？」

「それじゃあ、ジャマイカで……」

指定席のソファから立ち上がる亜門に、声を投げる。「畏《かしこ》まりました」と亜門は快諾してくれた。

私は時計を見やる。針は十五時を指していた。

「はは……。丁度《ちょうど》、おやつの時間ですね」

「それでは、ケーキもお付けしましょうか。実は、近江屋洋菓子店で買った苺《いちご》サンドショートがありましてな」

「えっ、良いんですか？　僕、あそこのケーキも好きなんですよ」

　思わず浮かれた声が出てしまう。私が恥ずかしそうにしていると、亜門はくすりと微笑《ほほえ》んだ。

「フフ、それは良いことを聞きました。これからは、司君のために、常に用意しておくことに致しましょう」

「いやいや！　毎日のように食べたら、肥えちゃいますからね⁉　偶《たま》に食べるから、有り難味があるんですって」

「ふむ、成程。それでは、召し上がりたい時は、この亜門にお声かけ下さい。速やかにご用意致しましょう」

「ケーキくらい、自分で買いますから……。ちゃんと、お給料も貰《もら》ってるし……」

　全力で甘やかして来る亜門に、私は呻《うめ》くように言った。

「ああ。でも、一緒に行くのはいいかな。あそこ、イートインも出来るじゃないですか」

「そうですな」と亜門はジャマイカの珈琲豆が入った瓶に手を伸ばしながら、答えた。

「でも、女性が多いから一人でイートインをする勇気が無くて……」

「それでは、この亜門、司君のイートインのお伴《とも》を致しましょう」

　亜門はこちらを振り向くと、紳士然とした笑みを浮かべる。

「お伴っていうか、普通に一緒に……。まあ、いいんですけどね」

私と亜門では、体格も風格も差があって、親子や師弟くらいの関係に見えることだろう。

そのくらいならば、洋菓子店の空気にとけ込めそうだ。

〝止まり木〟も良いが、偶には別の場所でお茶もしたい。

そうすることで、また、違った話題や違った一面が垣間見《かいまみ》えるかもしれないから。

「あ、そうだ。手伝いますよ」

カウンターで珈琲の準備をする亜門に対して、私は立ち上がる。

その時だった。

入り口の扉が、勢いよく開け放たれたのは。

「御機嫌よう！　本の隠者にその友人よ！」

バターンと派手な音を立てて現れたのは、コバルトだった。相変わらず、華美な衣装に身を包んでいる。

「……ケーキは、三等分に致しましょう」

カウンターの向こうで呟《つぶや》くように言った亜門に、私は無言で頷《うなず》いた。

「何をやっているんだ？　パーティーの準備か？」

コバルトは睫毛《まつげ》の長い双眸《そうぼう》を見開き、浮かれた足取りでやって来る。

「お茶の準備です……」と私が答えた。

「成程！　ティーパーティーか！　この俺におあつらえ向きじゃないか！」

「パーティーというほどでは……」と亜門が言い淀《よど》む。

「謙遜《けんそん》するな、アモン。君の珈琲があれば、どのくらいの規模でもパーティーになるさ！」

「恐縮です……。しかし、珈琲がメインとなると、コーヒーパーティーですな」

「そうなると、お茶の準備というよりは、珈琲の準備でしたね」

亜門につられて、私も苦笑する。その間にも、コバルトは手近な席についていた。

「コバルト殿、本日の珈琲はジャマイカでよろしいですかな？」

「ああ。それと、豆を幾つか持ち帰りたくてね」

「ほう」

亜門は、どことなく嬉《うれ》しそうに相槌《あいづち》を打った。

「コバルト殿のお宅でも、珈琲を？」

「ああ」とコバルトは深く頷く。

「では、ご指定の豆をお包みしましょう。どの豆がお好みですか？」

「実は、全種類欲しくてね」

これはまた、大きく出たものだ。しかし、亜門は嫌な顔一つしなかった。

「ほほう。まずは飲み比べと言ったところですかな。よろしい。お包みしましょう。して、量はどれほどですか？」

「うーん。五、六粒で構わない」

粒。その発言に、私も亜門も耳を疑った。

「五、六百グラムではなく？」

「粒だ」

コバルトは、豆をつまむ動作をする。どうやら、聞き間違えではないようだ。

私と亜門は、顔を見合わせる。亜門の視線から、彼が言わんとしていることを何とか読み取った。

（この珈琲豆で、アクセサリーでも、作るつもりなのかな）

その程度の量だった。

まさか、五、六粒を全てまとめてブレンドコーヒーにするわけでもないだろう。そうだとしたら、もっと別の頼み方をしそうだ。

亜門は、いささか腑《ふ》に落ちない顔で、珈琲の準備をしながら豆を包む。私も、不思議そうな顔を隠すことも無く、コバルトにそれを渡した。

「感謝する。対価は後で支払おう」

「いいえ。コバルト殿とは古い付き合いですし、その程度であれば、差し上げますぞ」

実際、全種類とは言え、五、六粒ずつでは大した量ではない。逆に、どのような対価を求めて良いか困りそうだ。

「では、君の厚意を有り難く受け取ろう。俺の手を借りたい時は、いつでも言いたまえ」

コバルトは威厳を込めてそう言った。

「有り難く頂戴《ちょうだい》いたしましょう。とは言え、コバルト殿には、いつもお力添え頂いておりますが」

亜門がそう言うと、胸を張っていたコバルトは、少しだけ照れくさそうに頬《ほお》を掻《か》いた。

「ところで、コバルト殿。そのコーヒー豆をどうなさるおつもりですか？」

サイフォンを火にかけながら、亜門は問う。コバルトは、意味ありげに笑った。

「ふふふ、秘密だ」

「それでは、秘密が明らかになるのをお待ちしております」

「いやいや。もっと食いつきたまえ！　ツカサも、気になるだろう⁉」

コバルトは、急に私に振る。

「あ、いや、コバルトさんが秘密にしたいなら、それでいいかな……なんて」

「何ということだ！」

コバルトは大袈裟《おおげさ》に顔を覆う。

「君達は、どうしてそう無関心なんだ！　秘密と言われたら、聞きたくなるものだろう！」

「それはそうですけど、コバルトさんはそのうち教えてくれそうだなと思って……」

「そうですな。結果が出るまで、お待ちしておりますぞ」

亜門の父親のような眼差《まなざ》しが、コバルトを包み込む。

「くっ……！　必ずびっくりさせてやる……。ツカサは、目を剝《む》くらいに」

「僕は、割と簡単に目を引ん剝くので……」

コバルトの希望は、容易に満たせそうだ。

その後、コバルトは亜門が淹れた珈琲を飲み、均等に分けたケーキを平らげ、コーヒー豆を持って帰って行った。

その背中を見送った亜門は、閉じる扉を眺めながら私に問う。

「コバルト殿は、あの豆を一体、何に使うおつもりなのでしょうな」

「やっぱり、アクセサリー作りじゃないですかね。珈琲豆のあの感じが、コバルトさん的に可愛《かわい》かったのかも」

「ふむ……。彼とは長い付き合いですが、分からないことが多いものですな」

亜門は実にしみじみとそう言った。

「というか、ちゃんと気になってたんですね。それほど興味がないのかと思ったんですけど」

「気にはなりましたが、何かをしでかそうという彼は、どのように尋ねても教えてくれないものです」

「そこは、しっかり分かってるんですね……」

どうせ教えてくれないので、適当にあしらったということか。

「アクセサリー作りくらいで済めばいいのですが」

「本当に、それですね……」

何せ、コバルトの発想は、私達の斜め上を行く。楽しめる方向に行ってくれればいいのだが……。

「厄介ごとにならぬよう、祈りましょうか」

亜門の言葉に、私は頷く。

「祈りを捧げる相手は？」

「コバルト殿自身です。我々の祈りが届くことを願いましょう」

どうか、厄介ごとを引き起こしませんように。彼の計画が、出来るだけ穏便に済みますように。

心の中でそう祈りつつ、私達は彼が座っていた席を眺めたのであった。


数日後。

私はいつものように、亜門の買取が済んだ本を棚に差していた。

そんな時、奥から亜門の声がかかる。

「司君。そろそろ休憩に致しましょう」

「あ、はい。分かりました」

私はキリのいいところまで作業を進めると、亜門の指示に従って切り上げる。時計を見れば、十五時になっていた。

「はは。お茶の――いや、珈琲の時間ですね」

「そうですな。本日は晴れていることですし、共に近江屋洋菓子店にでも――」

亜門がそう言いかけたその時、出入口の扉が派手に開かれる。

「御機嫌よう、大変なんだ！」

嵐《あらし》のように現れ、不吉な言葉を口にしたのは、コバルトだった。あの華美な服と、大きな帽子には、ところどころに葉っぱがついていた。

「その大変さが、我々にとってどれほど大変か、教えて頂けると有り難いのですが」

亜門はコバルトを冷静に迎える。いや、もしかしたら、冷静を装っているだけかもしれないが。

コバルトはふと立ち止まると、顎《あご》に手を当てて逡巡《しゅんじゅん》した。

「うーむ。俺にとってはそれなりに大変だが、アモンやツカサには関係ないかもしれない」

「ふむ」

「何せ、俺の庭園の出来事だからな！」

コバルトは、無駄に胸を張る。

「理解しました。それで、私の力が必要ですかな？」

「ああ。力と知恵が必要だ」

「知恵が必要とあらば、すぐにでも参りましょう」

亜門はクロークに向かう。コバルトの扱いには、本当に慣れたものである。

「司君は、お留守番を頼めますかな？」

「はい、勿論《もちろん》です」

私は何度も頷く。それくらいであれば、非力な私でも充分に務められる。

だが、コバルトがそれを許さなかった。コバルトは、私の腕をむんずと摑《つか》む。

「何を言っているんだ。ツカサも連れて行くぞ」

「えっ、どうしてですか⁉」

「ツカサがいた方が楽しいからに決まっているだろう！」

コバルトの目には確信が宿っていた。そんな理由で、そんな真剣な目をされても困る。

「しかし、司君に危険が及ぶといけないので……」

亜門が、やんわりとコバルトを剝《は》がそうとする。しかし、コバルトは駄々っ子のように首を横に振った。

「危険なわけじゃない。多少大変なだけだ。それに、アモンもツカサの応援があった方が、やり易《やす》いだろう！」

「……どう、なんでしょうな」

亜門は眉間《みけん》を揉《も》む。そこは、全力で否定しても構わないのに。

「よし、決まりだな。ツカサも行こう！」

「何が決まりなんですか⁉」

私が必要だと決定付ける要素は無かったはずだ。しかし、そんな常識はコバルトに通用しない。

コバルトは私の背後に回ると、ぐいぐいと強引に押す。亜門も、観念したように溜息《ためいき》を吐《つ》いた。

「仕方がありません。司君、万が一の時はお守りしますぞ」

「はぁい……」

強引なコバルトに導かれながら、私は今回も祈る。

その大変なことに対して、せめて、目を剝くくらいで終わりますようにと。扉の向こうに繫《つな》がっていると思《おぼ》しき、庭園に向かって。

コバルトの庭園には、以前にも来たことがある。

〝不思議の国のアリス〟さながらの……いや、それ以上にヘンテコな冒険をしたものだ。

私達は、青薔薇《あおばら》で出来た美しいアーチを潜《くぐ》る。

そこを抜ければ、マッドハッターのお茶会の会場のはずだ。視界が明るくなり、ぱっと開けた場所に出る――はずだった。

「えっ、ええっ⁉」

映った光景に、目を疑う。

「おお！　ツカサが目を剝いたぞ！　サプライズは成功だ！」

コバルトはガッツポーズをした。

ツッコミをしたかったが、そんな場合ではない。私達を待っていたのは、お茶会用のテーブルと無数の茶器ではなく、樹《き》だった。

それも、天まで届くのではないかというほどの巨木だ。

視界が霞《かすみ》掛かっているのは、霧のせいだろうか。そのため、上部はほとんど隠れてしまっている。

「この光景、何処《どこ》かで見たことがあるような……」

「〝ジャックと豆の木〟でしょうな」

「それです、それ！」

亜門もまた、呆気《あっけ》にとられたような顔で巨木を眺めている。一本に見える大樹だが、よく見れば、それは何本もの木々が絡まり合い、一つの樹になっているようであった。

「ふむ。この樹に見覚えがあるのですが……」

亜門は巨木に歩み寄る。そして、木々の幹や、辛うじて見える枝葉を観察し始めた。

「魔法使いから貰った豆を植えたからな」

その脇で、コバルトは無駄に胸を張った。

「魔法使いと言うと、私ですかな？」

「ああ。俺が最も信頼していて、俺に最も近しく、最も面倒を見てくれる魔法使いだ」

「前半は非常に恐縮ですが……」

亜門は言葉を濁す。

「まあ、細かいことはこの際置いておきましょう」

大人な亜門は、さっさと話題を変える。

「この様子からして、珈琲の木かもしれないと思いましたが、やはりそうでしたか。何故《なぜ》、このようなことに？」

亜門は樹の表面を撫《な》でながら問う。

「というか、何をしたかったんですか……」

私も、亜門に便乗して尋ねる。まさか、私の目を剝かせたかったわけでもあるまい。

コバルトは少しだけ迷う素振りを見せるものの、打ち明ける決意が出来たのか、唐突に胸を張った。

「それは、珈琲の豆を収穫するためだ！」

「ま、豆を⁉」と私は再び目を剝く。

「珈琲の豆が収穫出来る農園を作りたかったのですかな？」

亜門の言葉に、コバルトは頷く。

「ああ。アモンの淹れる珈琲は格別だからな。そこで、俺も自分のオリジナルブレンドを作ってみたかったのさ」

「クリエーター魂を爆発させる方向が違ったのでは……。それならば、素直に豆を買って来れば楽だったのに」

私がそう言うと、コバルトは口を尖《とが》らせる。

「既製品を買うのは面白くない。ここは、豆から育てるべきだろう」

「私は、既製品の豆を買ってブレンドしているのですが……」

亜門は申し訳なさそうに答えた。

「まあ、アモンはアモン。俺は俺。俺は豆の育成にこだわりたかったのさ」

その結果が、大樹である。

天高く茂った枝葉が、風でさわさわと揺れる。樹の根元を見れば、お茶会用のテーブルがひっくり返っていた。樹が成長する時に、弾《はじ》き飛ばされたのだろうか。

「ということは、物凄《ものすご》い勢いで成長したってわけか……」

「そうだな。土が良過ぎたのかもしれないし、俺が呼んだ雨雲が栄養をたくさん運んで来たのかもしれないな」

私の言葉に、コバルトは一人納得したように頷く。

「そっか。コバルトさん、雨雲を呼び寄せられますもんね。それで水をあげたんですか……」

「俺の雨は恵みの雨だからな」

コバルトは自信満々に笑った。それにしても、恵まれ過ぎではないだろうか。

「やれやれ。事の経緯は分かりました」

亜門は眼鏡をかけ直す。

「それで、コバルト殿はどうなさりたいのですかな？　実を収穫したいのか、この樹を何処かへやりたいのか、それとも、別の何かですかな」

「とにかく、収穫したいな。その後、あのテーブルをお茶会がし易そうな場所へ移動させよう」

コバルトは、ひっくり返っているテーブルを指さす。

「知恵というよりも、肉体労働ですな……」

亜門は大樹を見上げるが、霧のせいで先が見えない。

一体、どれほど高いのだろう。

そこから地上を見下ろせば、コバルトが手入れをした美しい庭園が見渡せるのだろうか。

と言っても、高いところだと身がすくんでしまいそうだが。

「よし、ツカサも登って、共に収穫をしよう」

コバルトは唐突に提案する。

「僕の心を読んだんですか⁉」

「登りたそうな顔をしていたからな！」

「いいや、その逆です！　あんなに高いところ、絶対に恐怖の方が勝りますって！」

「ツカサ。やる前から絶対という言葉を使ってはいけない。もしかしたら、恐怖よりも感動の方が勝るかもしれないじゃないか」

コバルトにぴしゃりと言われた。

確かに、一理ある。私はまた、勇気がないがゆえに最初から決めつけてしまったのかもしれない。

「まあ、怖がってくれた方が、リアクションが面白いと思うけどな」

「き、鬼畜だーっ」

あっけらかんとしたコバルトを前に、私は涙目になる。

「司君」と亜門が私を呼んだ。

「亜門も協力して下さい！　流石《さすが》に、こんな高いところを登るのは……」

「いいえ。登る必要は無いかもしれませんぞ」

「えっ？」

私とコバルトの声が重なる。

亜門が、すっと樹の天辺《てっぺん》の方を指さした。すると、霧が薄くなり、徐々に視界がひらけていくではないか。

ゆっくりと、薄靄《うすもや》が引いて行き、大樹の全貌《ぜんぼう》が明らかになる。

その高さは、私が思っていたよりも高く、その姿は、私が思っていたよりも厳かで、その枝葉には――。

「うわぁ……」

私は思わず声をあげてしまった。

大樹の枝葉には、無数の白い花が咲いていた。

真っ白で、まるで、雪を被《かぶ》ったかのように無垢《むく》な色だった。

「これは、珈琲の花か……！」

コバルトも、目を輝かせている。亜門は、「ええ」と微笑んだ。

「珈琲の木は、本来、苗床でしばらく育てられ、それから、栽培地に植え替えられるのです。それから、こまめに手入れをしてやり、三年ほど経《た》って、ようやく花を咲かせるのです」

「三年⁉　ずいぶんと時間が掛かるものだな！」

コバルトは目を丸くする。

「ええ。それだけじっくり育てなくては、一人前にならないということですな。その間、雑草を取り除いてやったり、病気を予防してやったりするのです。そうして、手塩にかけて育てた木が、実を結ぶのです」

「そうか……。長く愛《め》でてやらねばならないということか……」

「まあ、それくらいの気概が必要というわけですな。コバルト殿は魔法を使って成長を速めたとはいえ、こうして、花が咲いたではありませんか。きっと、彼らもコバルト殿の愛情を受け取ったに違いありません」

亜門にそう言われ、コバルトはほんのりと嬉しそうに微笑む。

魔法を使うなんて、ちょっとずるいとも思ったけれど、それが彼らの個性にして特技だし、そこに我々と変わらぬ愛情があるのならば、それでいいとも思った。

「因《ちな》みに、実を結ぶのは花がしおれてからになりますな。花が落ちた後に、実が残るのです」

亜門曰《いわ》く、そうなるのはアラビカ種という豆なのだという。アラビカ種は、同じ花のめしべとおしべで受粉が出来るらしい。他にも、カネフォラ種という豆もあるのだが、こちらは風や虫の力を借りなくては、受粉が出来ないそうだ。

「では、まずはアラビカ種から収穫しよう。花が落ちて収穫が出来るようになるまでは、この樹の下でパーティーだ！」

コバルトはそう叫ぶと、意気揚々とひっくり返ったテーブルへと向かった。亜門も、

「やれやれ」と苦笑しながらも、コバルトに続く。

テーブルはしばらくの間、珈琲の花が見える場所に置くのだろう。この満開の白い花の下でパーティーをするのも、ロマンチックで良いかもしれない。

「っと、僕も手伝います！」

私は木のそばから離れ、テーブルの方へと向かおうとする。

その瞬間、私の肩に、何かがぽとりと落ちて来た。

「何だろう……」

白いそれは、花びらか。それとも、花自体だろうか。

指でつまんでみると、それは揺らめくというか、蠢《うごめ》いていた。

「ウワアアアッ！」

「どうなさいました、司君！」

亜門が血相を変えてすっ飛んで来る。

私は、指でつまんだものをずいっと差し出した。亜門は目を瞬《またた》かせる。

「芋虫《いもむし》……ですな」

それも、白い芋虫だ。よく見れば、顔は雪だるまみたいで可愛らしい。耳を澄ませてみ

れば、「うわー」とか「はなしてー」とか言っている。

「……もしかして」

以前に庭園の中で迷った時、白いチーズで出来た雪だるま的な存在に出会ったことがある。それも、やはり雪だるまのような姿をした、芋虫だったのだろうか。

木の下で突っ立っていると、ぽとり、ぽとりとまた芋虫が落ちてくる。大きな雪だるまらしい個体ならばともかく、小さくて蠢いているのは頂けない。

「む、無理無理無理無理！　こんなところでお茶会なんて出来ませんから！」

「ふむ。確かに、料理に入ってしまっては一大事ですな。誤って食しては、彼らが可哀想《かわいそう》です」

「そっちの心配なんですか⁉」

最早《もはや》、私の声は裏返っていた。だが、そんなことを気にしてはいられない。芋虫を地面に置き、私は全力で樹の下から退避した。

「珈琲の木も虫がつくので、防虫対策が必要なのです」

亜門はマイペースに、コバルトにそう言った。

「なるほど！　芋虫も珈琲が好きなんだな！　ならば、芋虫も一緒にパーティーだ！」

「いやだぁ！」

私は、思わず亜門の後ろに隠れる。

「ツカサは大袈裟だな。芋虫くらい、どうってことないだろう！」

こちらの気持ちも露知らず、コバルトはテーブルを樹の下に設置する。地面に落ちていた芋虫達は、器用に身体《からだ》をくねらせて逃げていた。

「そうですぞ」と亜門が同意する。

「虫もああ見えて、栄養がありますからな」

「そういう問題ではないです……」

あなたが鳥類だからそう思うのでは、という一言は、何とか呑《の》み込んだ。

「因みに、コバルト殿。この庭園で珈琲豆を収穫するのならば、妙案が御座います」

「なんだ。何なりと言いたまえ！」

コバルトは目を輝かせる。

「庭園に、チシャ猫殿がおりましたな。彼に珈琲豆を食べて貰い、体内で発酵させるのです。その後、体内から排出された豆を――」

「落とし物作戦は却下だ！」

コバルトは、青い顔で即答した。

何の前触れもなくコピ・ルアクを飲まされたことが、トラウマになっているのだろう。

その後、テンションが下がってだいぶ落ち着いたコバルトは、テーブルを樹から少し離したところに置くことで妥協した。

果たして、奇妙な庭園に植えられた奇妙な珈琲の木は、どんな豆を実らせるのだろう。その結果は、いささか恐ろしくもあるが、私は楽しみで仕方が無かったのであった。

第三話　司、亜門と道を示す

朝はまだ肌寒い。

私はコートに首を埋《うず》めながら、神保町の街を歩いていた。

今日も、仕事のために〝止まり木〟を目指す。そこには亜門がいて、時々、客が来訪して、突然、コバルトがやって来る。

そんな日常の繰り返しだ。全《すべ》ては、いつも通りだ。

だが――。

(アスモデウスさんが来なくなってから、今日で二週間――か)

陸橋の上で彼と別れて以来、彼の来訪はぱったりと途絶えてしまった。

(亜門は、しばらく様子を見たいって言ってたけれど……)

彼らの時間は永い。だから、亜門は出来るだけ様子を見て、機が訪れた時に動くのだろう。そうやって慎重だからこそ、言うことに説得力があるし、アスモデウスのような自由奔放な魔神にも信頼されているのだろう。

(だけど、僕の時間は短い。それに、亜門だって今のままじゃあ……)

彼の時間だって、現状では長くないはずだ。

（それより、何より、気になって仕方がないじゃないか……）

気付いた時には、アスモデウスのことを考えている。彼はどうしているだろうかとか、立ち直ることが出来たのだろうかとか、相変わらずの様子で古書店を訪れるのだろうかとか。

もっと考えるべきことがあるのに、そればかりが気になってしょうがない。彼のことを解決しない限りは、私に安息は訪れないような気がしていた。

「ツカサ」

私を呼び止める声に、ハッとして振り返る。

しかし、あの粘つくような声ではない。穏やかで慈悲深い声だった。

「アザリアさん……！」

路地の片隅に佇《たたず》んでいたのは、アザリアだった。相変わらずの穏やかな笑みを浮かべているが、その目はどこか申し訳なさそうにも見えた。

「お変わりはありませんか？」

「え、ええ。お陰様……で？」

思わず定型文を返してしまったが、何のお陰かはよく分からない。疑問符すらついたそれに怪訝《けげん》な顔一つせずに、アザリアは「それは何よりです」と返してくれた。

「あの時は、申し訳御座いませんでした。あなたに、それだけは謝っておきたくて」

「あの時って？」

「アモン侯爵《こうしゃく》の古書店に乗り込んだ時のことです。無関係な人の子であるあなたを、巻き込んでしまった」

無関係という言葉に、違和感を覚える。

アスモデウスと私の間に、本当に何の関係も生まれていないのだろうか。

「いえ、別に。滅多に味わえ無いことが体験出来たので、いい人生経験になったかなぁって……」

「おお、ツカサ。あなたは何と器が大きいのでしょう！」

アザリアは大袈裟《おおげさ》に感動する。

私達がいる場所は、路地裏とは言え、近隣のオフィスに通勤する方々の通り道でもある。ルネサンスの絵画さながらの青年が大きな身振りで感激している様を、何人かのビジネスマンが二度見していた。

「何にせよ、あなたに怪我《けが》の類《たぐい》が無くて良かったです。もし、何処《どこ》かお怪我をされたとしたら、私が手ずから治療をしようと思いましたが……」

「それは、だいぶ興味がありますけどね……」

アザリアはそちらの方が本職のはずだ。大天使の医療行為は純粋に興味があるし、異教徒といえども、ミーハーな私は素直に嬉《うれ》しい。

「あれからこの街で、アスモデウスを見たという報告はありません。ツカサが飛び出したあの時、アモン侯爵が、自分に一任して欲しいとおっしゃっていたのですが、説得を試みて下さったのでしょうかね」

「それは……」

説得というよりも、説教の方が近いかもしれない。

何はともあれ、亜門が天使の干渉を退けてくれたお陰で、あの場は丸く収まったのだろう。サラとアスモデウスを引き離した張本人であるアザリアが出て来ては、火に油を注ぎつつ、有りっ丈の火種を放り込むことになりそうだ。

「あ、そうだ。聞きたいことがあったんだ」

「ツカサには迷惑をかけてしまいましたからね。天の国の秘密以外ならば、何なりと」

「僕が知ったらヤバそうなそれには、全く興味が無いので大丈夫です」

天の国の秘密という項目には金輪際触れないことを胸の内で誓いつつ、話を進める。

「アザリアさんは、サラさんに会ったことがあるんですよね」

「ええ」とアザリアはあっさりと頷《うなず》いた。

「サラさんって、どんな人だったんですか？　美人で気が強くて頭がいいっていうことは聞いたんですけど」

私の問いに、アザリアはしばし逡巡《しゅんじゅん》をする。何せ、紀元前の出来事だ。記憶の糸を手繰《たぐ》り寄せるのに、時間が要るだろう。

「私が最初に見た彼女は、それとは別人のようでした。何せ、惨劇の後でしたからね……」

「あっ……」

自分に近づいた男性が次々と死ぬ。そんな状況を目の当たりにして、気の強さも聡明さも、保てる人間の方が少ないだろう。

「ですが、トビアスと結ばれてからは、彼女は明るくなりました。加えて、牧歌的な性格でしたね。トビアスとは仲睦《なかむつ》まじく、誰からも祝福される夫婦でした」

「そっか。トビアスさんとは、上手《うま》くやれてたのか……」

アザリアが仲人《なこうど》をしただけあって、人間としての器も大きかったのだろう。サラがその後、幸せに暮らしていたのならば、心配事は一つ減ったのだが……。

(客観的に見て、悪い男に言い寄られて苦労をしていたところで、強力な助っ人とともに良い人が現れたっていう状況だよな……)

尚更《なおさら》、アスモデウスの身勝手さが浮き彫りになる。

だが、私は彼を非難する気にはなれなかった。

「アスモデウスさんは、どうしてサラさんを気に入ったんでしょう……」

「それは、私にも分かりません。彼は元々、好色なところがありますからね。美しい娘に手を出すのは、困ったことに、それほど不自然ではないのですが」

アザリアは眉尻《まゆじり》を大いに下げる。そう言えば、アスモデウスは、七つの大罪のうち色欲を司《つかさど》る魔神とも言われていたではないか。

「その割には、サラは清いままだったのです。彼女をさらうことなく、穢《けが》すことなく、近づく者達だけを血で染めて行ったのです」

「清いまま……」

「ええ。彼女に特別な力があったわけではないので、不思議に思っていました。結果的には、良かったのですがね」

「何だか……彼女を守っていたみたいですね」

アザリアは頷かず、目だけを伏せた。それは肯定の意だと、私は勝手に解釈をした。

「――さて、私に聞きたいことはこのくらいでしょうか？」

顔を上げたアザリアは、空を眺めながらそう言った。

「あっ、すいません。忙しいのに……」

「多忙なことを否定はしませんが、あなたが申し訳なく思う必要はありません」

アザリアは穏やかに微笑《ほほえ》む。

私と彼は、それから、二言三言交わしてから別れた。

「アスモデウスさんは、分からないことばかりだな……」

亜門が慎重に彼のことを見守っている気持ちも分かる。こちらから踏み込めば、あらゆることが余計にこんがらがってしまいそうだ。

新刊書店の自動扉を潜り抜け、エレベーターで四階へ上る。

三谷の姿をつい探していると、フロアに設置されたカウンターの辺りから彼の声がした。どうやら、客の応対をしているらしい。彼にしては珍しく、困ったように眉間《みけん》に皺《しわ》を寄せていた。

「うーん。すいません、それだけじゃ絞れなくて。もう少し手掛かりがあるといいんですけど。タイトルの一部でも、思い出せませんか？」

相手は年配の男性だ。

やり取りに何となく耳を傾けてしまったが、どうやら、男性は本を探しているらしいということが分かった。しかし、タイトルを覚えていない。著者名も覚えていない。何について書かれた本か、ぐらいの情報しかなかった。

「えっと、書影はどうですか。表紙の雰囲気、覚えてたら教えてください」

三谷が投げる質問に、男性は曖昧《あいまい》な記憶を手繰り寄せて答える。そんなやり取りを何回かした末に、三谷は「あっ、これじゃないですか？」とパソコンの画面を男性客に見せた。

「そうだ、これだ、これ！」と男性は破顔する。

「ああ、よかった。この本なら在庫がありそうな雰囲気ですね。念のため、該当フロアに聞いてみますね」

三谷はそう言って、他のフロアに内線をする。その先でどうやら在庫が確保出来たらしく、年配の男性を、エスカレーターに案内した。

三谷が年配の男性を見送ったのを見計らい、私はカウンターへと足を向ける。

「凄《すご》いじゃないか、三谷」

「いらっしゃいませ――って、お前か。検索機ならあっちにあるけど？」

三谷は、カウンターのそばにある検索機を指さす。

「賞賛しているのに塩対応⁉　僕の扱い、ひどくない？」

「今のでかなり体力と頭脳を使ったから、お前の接客をしている余裕はないんだよ」

三谷はいつも以上に猫背になりつつ、カウンターから離れて本が積み上がったラックの方へと向かう。納品作業が、まだ終わっていないらしい。

「それにしても、書店員って本当にすごいな。あれしか情報が無い中で、探している本を導き出せるなんて」

「あれは偶然。いつもあんな風に上手く行くわけじゃない」

本に挟まっている伝票らしき紙を抜き取りながら、三谷は口を尖《とが》らせてそう言った。

「偶々《たまたま》、それっぽい本を見かけたのを思い出したんだよ。後はなんて言うか、推理力？　あのくらいの男の人が読みそうなジャンルってあるだろ？　相手を見ながら、そういう想像力を働かせるのさ」

「それはそれで、探偵みたいっていうか……」

「正直言って、この仕事には推理力がかなり要求されるだろうな。お客様が記憶を頼りにやってきても、その記憶が間違っている場合もあるわけ。それも計算に入れて探さないといけないんだ」

「うわぁ……」

「まあ、記憶違いはよくあることさ。俺だって、白だと思っていたものが黒だったこともあるし」

三谷は肩をすくめた。

「この仕事、相手を見て推理力を働かせるシャーロック・ホームズなんかは、天職だと思うぜ。一フロアに一人、ホームズがいてくれればなぁ」

三谷はぼやく。それはそれで、かなりシュールな状況だ。

「まあ、本気で分からなかったら、分からないって返すしかないけどな。だけど、お客様のご要望に応《こた》えたいし、一冊でも売り上げに繋《つな》げたいから、俺達は必死になって名探偵になるわけよ」

「ああ、そうか。本をちゃんと探せれば、売り上げになるのか……」

「そういうこと。それに、お客様と信頼関係を作ることによって、お客様がリピーターになってくれるかもしれないしな。そうやって、お互いに歩み寄れば、お互いにハッピーになるってわけさ」

相手のことを考え、相手に歩み寄ることで、お互いに幸せになれる。当たり前のはずのその理論が、その日の私にはとてもまぶしく思えた。

「どうしたんだよ、目なんか細めちゃって」

「いや、三谷が神々しいと思って」

「俺はいつでも神々しいよ」

三谷はしれっとそう言って、不要と思《おぼ》しき伝票をダストボックスに入れる。目は相変わらず死んでいて、遠くを見ているくせに。

「まあ、相手の立場になることで見えて来るものもあるさ。俺は、俺がこの人だったらどうだろう、っていうのもやってみるな。あと、求めているものの根本が分かれば、代案を用意出来たりもする」

「代案？」

「例えば、『これを探しているんです』って言って、或《あ》る海外古典の翻訳本の表紙の画像を見せられたとする。その時、教材として使うのか、個人用として欲しいのかを聞いてみるのさ。教材用だと、その本を探すしか選択肢は無いんだけど、個人用であって、訳者にこだわりが無ければ、万が一在庫が無くても、別の出版社で別の訳者の本も勧められるわけ」

「ああ、なるほど……！」

「相手のことを、理解すれば理解しただけ、こちらの選択肢も増えるってものさ。そうやって、上手くやって行きたいもんだぜ」

三谷はそう言って、「よっこらしょ」と重い本の束を持ち上げる。今日の納品は、ずいぶんと多そうだ。

これ以上、邪魔をしてはいけないと思い、私は三谷に別れの挨拶《あいさつ》を告げる。そして、目と鼻の先にある〝止まり木〟に向かった。

その途中、私は決意をする。

「僕も、アスモデウスさんのことを理解しなくちゃ……」

そうすることで、彼の抱えている根本的な問題が見えてくる。

そうなると、私がすべきことも、見えてくるのではないかという期待を込めて。

「おはようございます……」

私が扉を開けると、「お早うございます」と古書店の主は返してくれた。

亜門が、いつものように奥の指定席に座っている。それ以外に、客の姿はなかった。

「静かですね……」

「そうですな」

私は手近な席にバッグを下ろし、上着を脱ぐ。

「コバルト殿は最近、新しい帽子を作るのに没頭しているようでしてな」

亜門は手にしていた本を、丁寧に閉じる。やけに重厚な雰囲気だと思って見てみると、表紙には革が使われていた。分厚く、紙はかなり古いようだが、亜門が新たに入手した古書だろうか。

「はは……、新しい帽子かぁ。どんな帽子が出来るんでしょうね」

「あの方のことです。完成したら見せに来て下さることでしょう。楽しみですな」

「心臓に悪くない帽子ならば、大歓迎です」

心臓に悪い帽子とは何かと己にツッコミを入れるものの、相手はあのコバルトである。どんな帽子が飛び出してもおかしくない。一先《ひとま》ずは、私にとって害のないという、必要最低限のラインを守って頂ければと思った。

「因《ちな》みに、他には――」

「アスモデウス公のことですかな？」

亜門はお見通しだった。「そうです……」と私は小さく頷く。

「彼ならば、昨夜、我が巣にお越し下さいましたぞ」

「えっ、夜に？」

「元々、彼は夜に来訪するお客様でしたからな」

「そう……ですね」

おかしなことは無い。だが、自分が避けられてしまったような気がして、何故《なぜ》か胸が痛かった。

「ここからは、私と司君だけの秘密にしておきたいのですが」

亜門はいきなりそう言った。私は訳が分からず、目を瞬《また》かせる。

「アスモデウス公の用件とは、こちらです」

手にしていた革の本を、私の目の前のテーブルに置く。そこに、タイトルは書かれていなかった。

「もしかして、これって、アスモデウスさんの……」

「左様。彼の人生を綴《つづ》った本です。触れられているのは、主に、あの一件のことですな」

「サラさんの……」

私の言葉に、亜門が頷く。

「でも、一体どうして」

「彼自身、色々想《おも》うことがあったようでしてな。ただし、自身と客観的に向き合うのが苦手なようなので、私の助言が必要だとおっしゃったのです」

確かに、アスモデウス自身は、長い年月生きて来たとは言え、自分について考える機会が少なかったように思える。そこで、じっくりと物事を考え、客観的に物事を見ているであろう亜門に白羽の矢が立ったということか。

「自分で、自分の本を読もうとはしなかったんですか？」

「そうですな。振り返ることに、躊躇《ためら》いもあるのかもしれません」

亜門にそう言われ、私は、アスモデウスの本を見つめる。

いかにも高級そうで、いかにも一筋縄でいかなそうな装丁は、彼らしい。

「司君も、ご覧になられますか？」

「えっ、いや、でも、流石《さすが》に悪いですし……」

興味はあった。

しかし、相手はあのアスモデウスだ。

彼の物語を不用意に読んでしまったら、想像もつかないような制裁を受けることになるかもしれない。

内心で震え上がる私に、亜門は「ご安心下さい」とやんわりと言った。

「怒られる時は、私も一緒です」

「そ、それは安心と言わないのでは……」

私はアスモデウスの本から、半歩離れようとする。しかし、亜門は首を横に振った。

「アスモデウス公は、今、変わろうとしております。この数千年間の中で、初めての出来事でしょう。そう思ったきっかけは、何だか分かりますか？」

「亜門に諭されたから、ですか？」

「いいえ」

亜門は、きっぱりと否定した。

「あなたです。あなたの存在がきっかけなのです、司君」

「ぼ、僕……ですか？」

「今のままでは、あなたに顔向けが出来ないとおっしゃっていました。その理由が何故なのか、ご自身では測りかねておりましたが」

私に顔向けが出来ない。

だから、ここしばらく、私の目の前に姿を現さなかったのだろうか。嫌われたり、軽んじられたりしていたから、避けられていたわけではなかったのだろうか。

「アスモデウス公は、司君に特別な感情を抱いているのかもしれませんな」

「と、特別な感情って……」

「司君も、覚えはありませんか？」

亜門の猛禽《もうきん》の視線が、眼鏡越しに私を見つめる。全てを見透かしてしまいそうなその視線から、思わず逃げ出しそうになるものの、己を奮い立たせて何とか耐えた。

「あります……。ここのところ、ずっとアスモデウスさんのことが気になっていて……」

「アザリア殿がやって来た時、アスモデウス公を追いかけたでしょう？　あの時に、確信しておりましてな。おふたりの間には、特別な絆《きずな》が生まれていると」

絆と言われると、何やらむず痒《がゆ》いものを感じる。

「言葉で表すなら、友情の一種とも申しましょうか。アスモデウス公を気遣う司君の顔は、正に、友人を案じるそれです」

「そっか……。ちょっと、腑《ふ》に落ちた気がします。友達が元気をなくしているようだったら、同じように心配になりますしね」

自身の心が言語化されたことにより、胸が少しだけ軽くなった。気持ちと、どう向き合うべきかが分かったからである。

「ただ、アスモデウス公自身は、少々異なる感情を抱いていそうですが」

「友情以外の……ってことですか？」

「ええ。些《いささ》か、司君とサラ嬢を重ねているようにも見えるのです」

「えっ」

そのようなことを彼自身に言われたことを思い出す。だが、それが本当だとしたら、ひどく重い感情を向けられているのではないだろうか。

「さ、サラさんに対する気持ちと言うと、れ、れ、れっ、恋愛感情……的な……」

「……それが、分からないのです」

「分からない？」

亜門の言葉に、沸騰しそうだった私の頭は冷静になる。

「どういうことですか？」

「あの方の本を読み、サラ嬢に抱いた感情が、恋心かどうかすら、分からなくなってしまったのです」

亜門は、アスモデウスの本の表紙に触れながら、困ったように頭を振った。

「私の認識では、恋愛感情とは、相手をめとり、共に人生を歩みたいと強く願うことだと思っていたのですか」

「そ、そうですね。それが割と、一般的だと思います」

一先ず、亜門の言う恋愛感情が、人間のそれと変わらないことを認識する。

そもそも、彼は人間の女性との切ない恋愛を経験していた。種族が違うがゆえに踏み出す勇気がなく、熱い想いを胸に秘めたまま、ついに口にすることが無かったという悲恋の物語。思い出すだけでも物悲しくて胸が締め付けられる。それは、亜門の経験した痛みが、人間の私にとっても共感出来るからだろう。

では、アスモデウスは？

彼は分からないことが多過ぎる。彼自身も、自分のことがよく分かっていないのではないだろうか。

思うままに奪って来た彼は、自身の気持ちを整理し、それに名前を付けることを怠っていたのではないだろうか。だから彼は今、混乱しているのかもしれない。

「私だけでは判断に困ることが多いのです。だからこそ、司君に読んで頂きたい。この亜門の願い、聞き届けて頂けますかな？」

亜門の瞳《ひとみ》が、私を真《ま》っ直《す》ぐと見つめる。その中には、アスモデウスを案じる気持ちも含まれているように思えた。

私は、「お役に立てるか分かりませんけど」と言いつつも、覚悟を決める。

「分かりました。読ませて下さい。僕も一緒に、あのひとのことを考えますから」

「有り難う御座います」

亜門は安心したように微笑む。

そのまま、本を渡してくれるのかと思いきや、本は亜門が手にしつつ、私に座るように促す。

「あれ？　亜門が読んでくれるんですか？」

「ええ。司君が解読できない言語で書かれておりますからな。彼は日本語を嗜《たしな》んでいるものの、彼自身の本は、最も馴染《なじ》みのある言語になってしまったようですな」

「はは……。それは、僕には難易度が高過ぎますね」

私は荷物と上着をクロークへと持って行き、促されるままに席につく。そして、亜門の淹《い》れてくれた珈琲《コーヒー》を飲みながら、アスモデウスの物語に耳を傾けたのであった。

トビト記の裏側。魔神アスモデウスの話はこうだった。

本来使っていた名とは異なる名で呼ばれるようになり、しばらく経《た》ってからのことだった。

遠い地の古い神々も、少しずつ勢力を奪われていっていることは知っていた。いずれは、自分達もそうなるのだろうか。

(いや、吾輩《わがはい》は形を変えて残ることが出来るだろうな。幸い、新しい概念も馴染み始めたことだ)

異国の太陽神や豊穣《ほうじょう》神もまた、魔神の地位に堕《お》ちたと聞いていた。

彼らはこの先、今までとは違い、人間から敵意を向けられなくてはいけない。そう考えると、哀れで仕方が無かった。

(元々人間から敵意を向けられる存在だった吾輩は、矛先を向けて来る相手が変わるだけのこと。今も昔も、立場はそう変わるまい)

人間から感謝や尊敬の念を向けられることは無かった。人間に忌まれれば忌まれただけ、自身の力は増していき、善神を滅ぼすための糧となる。

(そう、仮にこの先もまた、大きな流れに巻き込まれようとも、同じことを繰り返すだけ

だ)

未来永劫《えいごう》、人間に忌まれる存在であればいい。それが終わるのは、人間が滅んだ時か、自分の存在が完全に忘れ去られた時――すなわち、自分がいなくなる時だ。

或る家から聞こえる祈りの声が、ふと耳につき、その家を覗《のぞ》いてみた。

そこには、美しい娘がいた。

アスモデウスは、一目でその娘を気に入った。その祈りはあってあるものに捧げられていたので、ちょっかいを出してやろうと企《たくら》んだのである。

美しい娘の名は、サラといった。サラが親の使いがために家を出たところで、アスモデウスは彼女を捕まえた。

「御機嫌よう、美しい娘よ。そんなに急いで、何処へ行くのかな？」

「父の使いで、パンを届けに行くのです」

豊かな髪を風になびかせながら、彼女は答えた。

「えらい子だ。きっと、主も君の行いを見ておられるだろう」

「そうですね。主は全てを知っておられるのです」

サラは快活に答える。だがその瞬間、アスモデウスはその細い腕をむんずと摑《つか》み、大きな手で口を塞《ふさ》いで、家々から離れた倉庫の裏まで引きずり込む。

非力な娘は、なすすべもなく壁に押し付けられ、あっという間に逃げ場を奪われてしまった。

「な、なにを……」

「そう。あってあるものは、常に目を光らせていると聞く。ならば、その前で純潔を散らし、我が花嫁にしてはどうかと思って——ね」

アスモデウスはサラの顎《あご》を摑む。彼女の美しい顔は、恐怖に歪《ゆが》んだ。

「まさか、悪魔——」

「君達が、アスモデウスと呼んでいる存在で相違ない」

「な……っ」

サラは絶句する。無力な娘は、もう、恐怖で動けないだろう。

アスモデウスがそう思って顔を近づけた瞬間、彼の視界に、彼女の額が飛び込んで来た。

ゴッと鈍い音がする。

「ぐっ……、何を……」

アスモデウスは思わず顔を押さえた。サラが繰り出したのは、渾身《こんしん》の頭突きだった。

一方、アスモデウスの魔の手から逃れた彼女であったが、彼女自身も額を押さえて呻《うめ》いていた。

足元でダンゴ虫のようにうずくまる彼女に、アスモデウスは痛む鼻を擦《さす》りながらこう言った。

「とんだじゃじゃ馬だ。まさか、魔神相手に頭突きをするとは。だが、渾身の抵抗も、自分の方がダメージを受けるとは思わなかったのか」

仮にも、か弱い乙女と魔神である。身体《からだ》の強度には歴然の差がある。

「やれやれ。額は割れてないかな。見せてみるがいい」

アスモデウスは、うずくまる彼女に手を差し伸べようとする。だが、その手は彼女によって払われた。

サラは額を押さえながらも、顔を上げる。痛みのあまり涙目だったが、そこに宿る意志の強さに、アスモデウスはハッと息を呑《の》んだ。

「触れないで！　私はあなたの好きにされるつもりはありません！」

「ほう。そんな状態なのに、強がる余裕があるとは」

アスモデウスは、払われた手を引っ込める。サラの足はふらついていたが、彼女は何とか立ち上がった。

「強がっているわけではありません。私は、相手がどんなに大きな力の持ち主だろうと、なされるがままになるのは嫌なのです。あなたが私を辱めるというのならば、私は私の力の限り抵抗します！」

凛《りん》とした瞳に宿っているのは、敵意だろうか。それとも、悪意だろうか。

（いいや、違う）

彼女はアスモデウスを見ているが、彼女の瞳にアスモデウスは映っていない。彼女の瞳の中に輝くのは、もっと美しく、もっと気高い――。

「綺麗《きれい》だ……」

「えっ？」

先ほどとは違った、感じ入ったようなアスモデウスの声に、サラは思わず目を丸くする。

しかし、アスモデウスには、彼女の疑問に答える余裕は無かった。彼は完全に、彼女の瞳に魅入っていた。

この場でさらってしまおうか。

この娘を自分の城に繋いで、誰にも触れさせないようにしてしまおうか。

そんな感情が湧《わ》き上がるものの、即座に、それは違うと自身が否定した。そうすべきではないと、己の心が訴えかける。

だが、それならばどうすればいいのか。

アスモデウスは頭を抱えるものの、結論が出ない。悩んだ挙句、サラをほったらかしにして退散してしまった。

その後、アスモデウスは度々、サラの様子を見に行くようになった。

夜。サラが家の窓から空を眺めていると、彼女を呼ぶ声があった。

「サラ」

「誰です？　私を呼ぶのは」

サラが窓から顔を出すと、そこにはアスモデウスが佇んでいた。

「また、あなたですか！　立ち去りなさい。私は悪魔に屈したりしません！」

彼女は毅然《きぜん》とした態度を崩さなかった。だが、アスモデウスはそんな彼女の強い眼差しを見て、満足そうに微笑む。

「吾輩は、君をさらいに来たわけじゃない」

「では、何をしに来たのです」

「星を見に来たのさ」

アスモデウスは、そう言って星空を見やる。

暗幕の上に無数の宝石を散らしたような、見事な夜空だった。頭上で瞬く星々は、今にも降り注いで来そうなほどだ。

「星を？　悪魔のあなたが？」

「吾輩は、星については造詣《ぞうけい》が深くてね」

アスモデウスは、サラの家の壁に寄りかかる。自分に手を出すような雰囲気ではないと悟ったサラは、少しだけ警戒を解いた。

「天の秘密も、少しだけ知っている」

「……あなたは、天の国にいたというのですか？」

「まさか」

アスモデウスは、肩を揺らして笑った。

「天の秘密と言っても、天の国のことじゃない。宙の理《ことわり》だよ」

不思議そうな顔をしているサラの前で、アスモデウスは、瞬く星の一つを指さした。

「あれは一等星。そして恒星《こうせい》という、自ら光る星だ。太陽のようなものかな。あの星の周りにも、この星のように公転《こうてん》――すなわち、太陽の周りを回っているような惑星があるかもしれない」

「この――星？」

「ああ、この星さ」とアスモデウスは、今度は地面を指さす。サラは、頭を振りながらこう答えた。

「あなたは、悪魔の言葉で私を惑わそうとしているのですね」

「どうしてそう思うのかな？」

「だって、太陽も星も、私達の世界を回っているのでしょう？　なのに、まるで私達の世界が太陽の周りを回っているかのように……」

「かのように、じゃない。回っているのさ」

「あなたの言葉を、信じることは出来ません。第一、それを私に教えて、どうするつもりなのです」

「さあ？」

首を傾《かし》げるアスモデウスに、サラは怪訝な顔をする。窓を閉めようと、窓枠に手をかけた。

「また、私を害するつもりですか……」

「いいや」

今度は、きっぱりと首を横に振った。

「単純なことさ。会話のきっかけが欲しかった」

「会話のきっかけ？」

「君とこうして話したかっただけさ」

「ますます以《もっ》て、分かりません……」

サラは困ったように息を吐くものの、窓を閉めようとはしなかった。

そんな彼女の横顔を、アスモデウスはじっと見つめる。こうして彼女と共にいると、あの日に自分の中に生まれた謎《なぞ》の感情が、かなり落ち着く。胸の疼《うず》きも、締め付けられるような感覚も、和らいでいく。

周りに流されることなく、飽くまでも自分の信じる道を歩もうとする少女。その瞳に、アスモデウスはひどく惹《ひ》かれていた。

それからも、アスモデウスは彼女に会いに行った。

彼女は相変わらずつれなかったが、それでも、少しずつ自身の話をしてくれるようになっていた。

そんな矢先の出来事だった。

アスモデウスがいつものように彼女が独りの時に訪れると、彼女ははにかむようにこう言った。

「私、結婚することになったのです」

「ほう？」

不自然なことではなかった。彼女の年齢ならば、それは相応《ふさわ》しいことのように思えた。

アスモデウスも、そのことにそれほど衝撃を覚えなかった。会える時間が減るなと思った程度だった。

しかし、次の言葉に、耳を疑った。

「父が、良い人を見つけてくれたので」

「父親が？　君が気に入った男を捕まえたわけではないのか」

「そ、そんな言い方をしないで下さい……！」

サラは恥じらいながら続けた。

「この家に相応しい方を、父が見つけてくれたのです。だから、私はそれに従います」

「気に入らない男だったとしても？」

「父が見つけてくれた方を気に入らないわけがありません」

サラは一歩も譲らない。だが、そこに自分を退けようとした時の強い意志を、アスモデウスは感じなかった。

「父親とは言え、他人に自らの運命を任せるなんて、君らしくない」

アスモデウスは、吐き捨てるように言った。

「サラ、君は何処かで諦《あきら》めを感じているな。そして、現状に甘んじようとしている」

「そ、そんなことは……！」

サラは抵抗する。だが、図星だったのか、彼女はそれ以上、何も言えなかった。

あの気高い瞳がなりを潜めてしまった。それは、何の所為《せい》だろう。

ああ。きっと彼女の中で妥協が生じているからだ。ならば、どうすればいいのか。

彼女を奪おうとする相手を、奪ってしまえばいい。そうすることで、また、彼女は気高くなれる。

そのためには、彼女を守らなくては。彼女の純潔と、彼女の誇りを。

亜門はそこまで読むと、本に栞《しおり》を挟んで一呼吸置いた。

「一先ず、最も重要と思しき箇所は、この辺りですな。その後の出来事は、旧約聖書外典のトビト記で語られているような内容です。サラ嬢が悲劇を嘆き、アザリア殿がトビアス殿を連れてやって来て、アスモデウス公を追い払うわけですな」

そして、今に至るというわけか。

「何だか、聞いていた感じと随分違いますね……」

「やはり、司君もそう思いますか」

亜門は難しい顔をしながら、本をテーブルの上に置く。

「恋愛というよりも、相手をもっと上に見ているような気がするんですよね。何だろうな……。崇拝とか、尊敬に近いのかな……」

「アスモデウス公ご自身は、あまりそういった感情を抱いたことが無いがゆえに、混乱されていたのかもしれませんな」

王の一人であり、欲しいものは奪って来た魔神だ。確かに、畏《い》敬《けい》の念を感じる機会は少なそうである。

「……サラさんの、大きな流れに逆らおうとする健気《けなげ》さに胸を打たれたのかもしれません。その、アスモデウスさんは本来の存在から今の存在に変わる時に、身を任せてしまったようですし。自分に無い反骨精神を、サラさんに見たのかも。……反骨精神って言うと、だいぶロックな気がしますけど」

「成程。確かにそう読み取れますな。司君は、物語を読み解くのが上手くなりましたな」

亜門は、父親のような眼差しで微笑む。それが照れくさくて、むず痒くて、「えへへ……」と誤魔化すように笑った。

「アスモデウス公のお気持ちは、大まかには読み解けましたな。あとは、どうやってお慰めするかです」

「ああ、そうか。立ち直って貰《もら》わないといけないですもんね。僕としても、あのひとがしょんぼりしていると思うと、なんだか落ち着かないですし」

「フフ、同感です」

亜門はくすりと微笑み、コーヒーカップに口をつける。私も、一息吐《つ》くために珈琲を口にした。

ほろ苦い香りが、鼻へと抜ける。少しだけ頭がクリアになった気がして、深く息をついた。

「アスモデウスさんは、サラさんと仲良くなりたかったんだと思います」

「ふむ」

亜門は相槌《あいづち》を打ち、私に先を促す。

「……えっと、人間と魔神が結ばれてはいけないのかを問題にしていましたよね。アザリアさんに追い払われたことが原因でそう言っていたんでしょうけど、サラさんと仲良くなることに思い入れが無ければ、結ばれる結ばれないというところを問題にする必要は無いと思うんです」

「司君もそう思いますか」

「亜門も、ですか？」

「ええ。ただ、私ひとりでそう断言するには、自信がありませんでした」

それで、私の意見を聞いてみたのだという。

少しは頼りにされているようで、ほんのちょっと誇らしかった。その気持ちが、臆病《おくびょう》な私の背中を押してくれる。

「サラさんと仲良くなる方法——は、とても今更感がありますけど」

何せ、旧約聖書の時代である。サラの魂はとうに天の国に昇るなり、身体《からだ》は土に還《かえ》るなりしていることだろう。

「でも、その方法を知ることで、アスモデウスさんは前に進めるんじゃないかなって思います。この先、同じような想《おも》いを抱く相手が現れるかもしれないですし……」

「そうですな。彼の時間はあまりにも長い。神々が力を失いつつあるこの時代すら、彼はほとんど力を維持し続けておりますからな」

「まあ、有名ですしね……」

悪魔を取り扱ったゲームや漫画では、かなりの高確率で名前が登場する。多少、意味合いは変化していくかもしれないが、彼の存在はこの先も長く語り継がれることだろう。

その中で、彼がまた同じような出会いをする確率は、無いわけではあるまい。

「では、彼をどのように諭しましょう」

亜門は私に議題を投げる。私は、亜門の言葉を思い出しながら答えた。

「亜門が言ったように、譲歩することが一番の近道なんじゃないかなと思います。アスモデウスさんは強引だから、反発心を生み易《やす》いですし……」

「それについては、概ね同意いたします」

亜門は眉尻を下げながら頷く。

「問題は、その伝え方なんでしょうけど——」

私は、亜門の手法を思い出す。彼は物語を通じて相手を諭していた。自分と冷静に向かい合えない者でも、物語を通じてならば、すんなりと理解して貰えるかもしれない。

では、アスモデウスに相応しい物語とは何だろうか。

私は、自分を囲っている本棚をぐるりと見回す。ざっと見ただけでは、和書のタイトルしか頭に入って来なかったが、それでも充分な量が、ここにはあった。

(出来るだけシンプルで、出来るだけ、彼に近い物語は……)

亜門も私の視線を追う。もしかしたら、私は試されているのだろうか。

胃の辺りがぎゅっと縮まるのを感じつつも、慎重に本を探し出す。

「あっ……」

或る一点に、目が留まった。亜門は立ち上がり、私の視線の先にあるその本を取り出してくれた。

「こちらで、よろしいですかな？」

「よ、よろしいです」

亜門から受け取ったのは、〝美女と野獣〟だった。

「こちらも有名なお話ですな。よく映像化され、多くの人々の心を動かしているようですが」

本を見つめる亜門の眼差しは、穏やかであった。

きっと、彼もこの物語を愛しているのだろう。まあ、彼が愛さない物語など無いような気もするが、この物語は、特別に共感するに違いない。

「内容は覚えておりますか？」

「げ、原作を読むのは初めてで……」

「読み聞かせをご希望ですか？　それとも、ご自分で読まれますか？」

「よ、読み聞かせて欲しいかな、なんて」

照れくささを感じながらも、亜門に答える。

「自分で読めって感じでしょうけど、こう、亜門に読んで貰うと落ち着くんですよね。あとは、ワクワクするというか……」

「ほう？」と亜門は目を瞬かせる。

「幼い頃《ころ》に、読み聞かせて貰った記憶がほとんどないので……。普通の人は、そこでこのワクワクを消費しちゃうんでしょうけど……」

ぼそぼそと答える私を前に、亜門は目を細めて微笑んだ。

「左様ですか。それならば、この亜門、僭越《せんえつ》ながら司君に読み聞かせて差し上げましょう」

亜門は恭《うやうや》しくそう言うと、私から〝美女と野獣〟を受け取る。

彼が本を開き、語り始めると、私はあっという間に物語の中に入り込める。自分で活字を追うよりも早く、まるで、手を引かれるように。

こうして私の心は、薔薇《ばら》の香りに満たされた庭園の、美しい娘と恐ろしい野獣の恋物語の世界へと入り込んだのであった。


その昔、とても裕福な商人の家庭があった。

しかし、或る日突然、財産を失ってしまい、辛うじて残った小さな別荘で、農民のように働いて生きて行かなくてはいけなくなった。

その商人には、三人の息子と三人の娘がいたが、末の娘ベルは誠実で美しかった。彼女は農民のような暮らしにも適応し、毎日せっせと働いた。

そうしているうちに、商人の商品が港に着いたという報《しら》せがあり、商人は港へと向かうことになった。

収入の目処《めど》がつき、今の暮らしから抜け出せるものだと思った二人の姉は、働きもしなかったくせに、あれを買って欲しい、これを買って欲しいと商人にねだった。

そんな中、父親に欲しいものはないのかと尋ねられたベルは、薔薇を一輪だけ欲しいと頼んだ。

しかし、商人を待っていたのは、品物についての裁判だった。来た時と同じだけ貧しい状態で帰らざるを得なかった商人は、帰路の途中にある森で、道に迷ってしまった。

そんな彼が辿《たど》り着いたのが、煌々《こうこう》と光り輝く宮殿だった。

そこで彼は、庭園に咲く薔薇をベルへの土産《みやげ》にしようと、手折ってしまった。それを見つけて現れたのは、恐ろしい姿の野獣だった。

怒った野獣は、商人を死刑にすると言った。だが、その代わりに娘を差し出せば、命は助けると言った。

善良な商人は、野獣の死刑を受け入れようと思った。しかし、ベルは自分が野獣に嫁ぐと申し出た。父親や兄達は猛反対したが、ベルの決意は固かった。

野獣に喰《く》われてしまうのを覚悟しながらも、ベルは宮殿へと向かう。

しかし、待っていたのは野獣の親切な振る舞いだった。

ベルは野獣に好意を抱く。しかし、野獣に結婚を迫られると、首を横に振るしかなかった。野獣の優しさは理解していたが、野獣の醜さが彼女を首肯《しゅこう》させなかった。

しかし、後にベルは、自身の本当の想いを知ることになる。

それは、自分の過ちがゆえに、野獣が瀕死《ひんし》になってしまった時だった。

彼女は、今まで自分が友情しか抱いていないものかと思っていたが、野獣がいなくては生きていけないことに気付いた。

そして、彼女が野獣の求婚を受け入れると、野獣は見目麗しい王子へと変化する。ベルの美徳の上に築かれた愛によって、彼に掛けられた呪《のろ》いが解けたのであった。

こうして、ベルは王子と結婚し、末永く幸せに暮らしたのだという。


「――めでたしめでたし、ということですな」

本を閉じる音によって、私は現実に引き戻される。ベルと野獣だった王子の幸福感が、まだ胸に残っていた。

この想いを、アスモデウスに感じさせることが出来たらどうだろうか。彼は魔神でありながらも、また別の幸せを見つけられるのではないだろうか。

（ずっと人間に忌み嫌われているなんて、やっぱり悲しいよな……）

決意を胸にする私の前で、亜門は奥にあるサイドテーブルの引き出しから便箋《びんせん》を取り出し、さらさらと手紙をしたためる。

あっという間に書き終え、蠟《ろう》で封をした彼に、目を瞬かせた。

「何をしているんですか、亜門」

「こちらにお越し頂くよう、お手紙を書いたのです」

亜門が指を鳴らすと、何処からともなく羽音がした。見ると、本棚の向こうから、大きな梟《ふくろう》が飛んで来るではないか。

確かあれは、ユーラシアワシミミズクだったか。羽を広げた大きさは、私の身長よりもありそうだ。

「これを、アスモデウス公のところへ」

亜門の命令に、巨鳥はホウと鳴いて、返事をする。差し出された手紙を足先で器用に摑み、また、本棚の森の奥へと戻って行った。

あっという間の出来事だった。ワシミミズクの大きな羽根が、私の目の前にヒラヒラと落ちる。

「今のは、一体……」

「私の眷属《けんぞく》です。あちらに、彼ら専用の出入口がありましてな」

亜門は、本棚が密集する場所の、奥の天井を指し示す。私のいる場所からはよく見えないが、開いた窓でもあるのかもしれない。

この古書店も、私には分からないことがまだまだたくさんあるらしい。

だが、それよりも――。

「アスモデウスさん、呼んだんですね……」

「早い方がよろしいかと思いましてな。それに、司君も解決の糸口が見えたのではありませんか？」

亜門はそう言って、片目をつぶる。私は、苦笑を返すしかなかったのであった。

それほど経たないうちに、アスモデウスが古書店に来訪する。

「御機嫌よう。いやはや、ツカサ君もお元気そうで何より」

少し神妙な顔をしているかと思いきや、しれっとした顔で私に挨拶をする。私は、「お陰様で」となにがお陰様なのか分からない返事をした。

「で、魔法使い殿が吾輩の悩みを解決してくれるとのことだが」

アスモデウスは真ん中の卓についた。

私は、亜門が淹れた珈琲を彼の前に置く。

「そうですな。どちらかと言うと、この魔法使いの友人の案ではあるのですが」

亜門は、私の肩をポンと叩《たた》く。

「えっ、僕⁉」

「ほう。お手並み拝見と行こうではないか」

アスモデウスは背もたれにその身を預ける。最早《もはや》、相談をしに来た者の態度ではない。

私は自分の珈琲を飲み干すと、意を決してアスモデウスと向き合った。

「その――、アスモデウスさんは、人間と魔の者が結ばれてはいけないのかということを気にしてましたよね」

「ああ」

「結論から言うと、僕は、別に構わないと思うんです」

「ほう？」

アスモデウスの強い眼差しが、私を捉《とら》える。それは期待か、それとも警戒か。私には分かりかねたが、迂闊《うかつ》なことが言えないのは確かだ。

「人間だろうが、魔の者だろうが、神だろうが天使だろうが、お互いを想い合っているのならば、構わないと思うんです」

「だが、吾輩はサラのことを想っていたが、サラは吾輩のことを忌み嫌っていた」

「……そう、ですね」

アスモデウスが惨劇を起こす前であれば、彼が彼女と交流したこともあり、もしかしたら多少の好意があったのかもしれない。だが、惨劇が起こった後では、それも無意味なものになってしまった。

そして、もし、彼らがお互いに想い合っている状態ならば、或る程度の寛容さがあるアザリアは、目をつぶっていたかもしれない。だがこれは憶測にしか過ぎないので、私の胸の中に秘めておくことにした。

「先日、相手のことを考えて譲歩するという手法を教えて貰ったがね、吾輩はそもそも、魔神なんだ。それも、善神が堕ちたわけではない。出自が既に、忌まわしいんだよ。嫌われるために生まれてきたようなものだ」

アスモデウスは皮肉めいた笑みを浮かべる。彼の中では、それが当たり前になっているのだろう。そう思うと、胸がずきりと痛んだ。

彼はそういう生き方を何千年もして来た。人間のように多様性のない神々にとって、それは当たり前のことだった。だからこそ、亜門も妥協して、動向を見守ることに徹していたのだろう。

だが、私はそれほど辛抱強くない。ゆるりと首を横に振り、別の卓の上に置いてあった〝美女と野獣〟を差し出した。

「これは……」

「アスモデウスさんは、この物語をご存知ですか？」

「ああ、知ってるさ。かなり昔に読んだ」

「何か、感じませんでした？」

私の問いに、アスモデウスは逡巡する。記憶の糸を手繰り寄せているのだろう。

しばらくして、彼は皮肉っぽく左右非対称な笑みを浮かべて、こう言った。

「野獣に変えられた王子が羨《うらや》ましい、と思ったよ。彼は元々、愛されるべき存在だった。それが忌まわしい姿に変えられていただけだ。途中までは、いささか共感していたんだがね。オチですっかり冷めてしまった」

「でも――」

肩をすくめるアスモデウスに、私は口を挟む。

「ベルは、野獣が王子だと知りませんでした」

「ああ、そうだね。実に――、この国で言う『棚ぼた』な話じゃないか」

「違うんです、アスモデウスさん」

私は更に食い下がる。アスモデウスは口を噤《つぐ》み、怪訝な顔でこちらを見やる。

「あっ、違うっていうのは、そうじゃなくて……。読書に正しい読み方なんて無いから、別に、どう読んでもいいんですけど……」

私は慌ててそう断ってから、続けた。

「ベルは、野獣が野獣であったままでも良かったんです。彼女が愛したのは、野獣の優しさ――彼の心、そのものだったんです。出自だろうが見た目だろうが、そんなのは関係なかった。結果的に、相手は美しい王子だったけれど、それは重要じゃないんです」

アスモデウスは、黙って聞いている。

その沈黙が恐ろしい。いっそのこと、ツッコミを入れて欲しいのに。

だが、私は口を噤んだりしなかった。言葉の続く限り、声を紡いだ。

「醜い野獣だろうが、忌まわしき魔神だろうが、こちらに美徳があれば——、そして、相手に美徳を認める心があれば、結ばれることだって出来るんですよ」

ふと、亜門の方を見やる。

彼も、目を伏せて沈黙しながら、私の話に耳を傾けていた。まるで、自身の辛《つら》い過去を思い出しながら、私の言葉を噛《か》み締めているかのように。

「サラさんは、もういないかもしれない。失ったものを取り戻すことは出来ないかもしれない。でも、これから新しい出会いがあるかもしれません。その時は、どうか……その……」

肝心な部分で、言葉が浮かんで来ない。アスモデウスに、自身の想いを伝えたいという感情だけが先走って、声にならなかった。

そんな私の前で、アスモデウスは深く溜息《ためいき》を吐く。

彼に、あきれられてしまっただろうか。

「新しい出会いがあった時、吾輩は吾輩なりに美徳を示せば、こちらが魔神だろうと何だろうと、相手は気に入ってくれるかもしれない——というところかな」

「そ、そうです」

私はカクカクと頷く。まさか、締めの言葉を相手に言わせてしまうとは。

「魔神だろうが何だろうが……僕は、アスモデウスさんが哀《かな》しい想いをするのは、寂しいことだと思いますし……」

「優しいことだ」とアスモデウスは苦笑する。

「と、とにかく、まずは強引なのをやめましょうか！　いきなり物陰に連れ去られて、壁ドンと顎《あご》クイなんてされたら、女の子はびっくりしちゃいますし！」

「場所が整っていれば、じっくりと時間をかけて口説くさ」

「本当かなぁ……」

私は疑いの眼差しを向ける。アスモデウスはニヤニヤと笑うだけで、真意を測ることは出来ない。

「まあ、忠告は胸に刻んでおこう。あとは譲歩か。吾輩には、なかなか難しい真似《まね》だとは思うがね。相手を手に入れる手段の一つとあらば、善処してみせよう」

譲歩をするとは思えないほど尊大に、アスモデウスは言った。

しかし、もう大丈夫な気がする。彼の目は何処か吹っ切れていて、穏やかなものが宿っているように見えた。

「フフ。司君は見事に、アスモデウス公の悩みを解決したようですな」

亜門はそう言って、自分の珈琲を飲み干す。

「蛇足かとは思いますが、この魔法使いめも、一言添えてさせて頂いても構いませんかな？」

「何なりと」とアスモデウスはおどけるように言う。だが、即座に真剣な眼差しになり、亜門の方へと向き直った。

「これは、司君の見解でもあるのですが、アスモデウス公がサラ嬢に抱いたのは、恋愛感情ではなかったのかもしれません」

「ほう、どういうことかな？」

亜門は私の方を見やる。私もまた、亜門に頷いた。

「アスモデウス公は、彼女をめとろうとは思わなかったのですな？」

「……ああ。どうも、吾輩の隣に置く姿を想像出来なかったものでね。それよりも、彼女が誇り高く前を見つめる姿を見たかったのさ」

「それは恐らく、恋愛感情ではなく、尊敬の類ですな。あなたは、彼女の勇ましい姿に胸を打たれ、畏敬の念を抱いたのです」

「吾輩が、人間に……？」

アスモデウスは眉根《まゆね》を寄せる。だが、亜門は静かに頷いた。

「あなたは力の強い魔神です。恐ろしいものなど、片手で数えるほどしかないでしょう。

それに比べて、サラ嬢はか弱い女性であったと聞きます。しかし、そんな彼女があなたに立ち向かったという事実に、あなたは感心したのではないですか？」

アスモデウスは、亜門の言葉に何も返さなかった。ただ、目を見開いて聞いているだけだった。

「彼女のその姿に、あなたは自分の中に無い、もしくは、自分の中で失われてしまったものを、思い出したのではないでしょうか？」

「……ああ」

アスモデウスは吐息のような声を漏らす。それがただの溜息なのか、肯定の意味なのか、私には分かりかねた。

彼の表情を覗き込もうとするが、その顔は、帽子を目深に被《かぶ》ることで隠されてしまう。

「そうだった……。妥協してしまったのは、吾輩の方だった……」

アスモデウスの物語を思い出す。

彼は魔神として生まれ、魔神として存在することに対して、何の抵抗も示さなかった。

ただ、流れのままに歩んでいた。

しかし、本当はその境遇に納得していなかったのかもしれない。人間に忌み嫌われるのではなく、歩み寄られたかったのかもしれない。

だからこそ、サラが妥協しようとした時に、怒りを覚えたのかもしれない。

全ては想像に過ぎないが、黙って自分の顔を隠している彼からは、そんな感情が読み取れるような気がして仕方が無かった。

「その、アスモデウスさん……」

「うん？」とアスモデウスは返事だけ寄越す。

「今の気持ち、物語にしてはどうですか？　人間でも、アスモデウスさんと同じような気持ちの人もいると思うんです。その人達に向けて、あなたの気持ちを綴ってはどうですか？」

「いや――」

アスモデウスは帽子を持ち上げる。

するといつもの皮肉めいた表情がそこに宿っていた。

「吾輩のことは、もう少し整理が必要でね。だが、いずれはウェブ小説からスタートしようと思う。郷に入っては郷に従おう」

「新人賞の方じゃないんですね……」

「読者が少ないと、吾輩の中で盛り上がらなくてね」

「まあ、ウェブの方が読む人は多いですね……」

何せ新人賞の応募作の読者は、選考する側の人間だけだ。出版されて、ようやく大勢の人の目に触れられる。それに比べて、ウェブは読者を自分で増やそうと思えば、幾らでも増やせる。

「そうなると、私は端末を購入しなくてはいけないのでは……」

亜門は、寂しそうな表情を隠そうともしない。

「それなら、僕のうちでプリントアウトして持って来ますから……」

「侯爵殿を甘やかしたら駄目だぞ、ツカサ君。プリントアウトくらい自分でやらせたまえ」とアスモデウスは肩をすくめる。

「そうですな。司君に甘えるわけには行きません。この亜門、ウェブ小説とやらも読みこなしてみせますぞ」

亜門は闘志を燃やす。今はネットサーフィンが出来る程度だが、いずれは絶版本の電子書籍を買いまくるヘビーユーザーになるかもしれない。

「さて。ずいぶんと世話になったものだ」

アスモデウスは帽子を被り直すと、そっと腰を上げた。

「もうお帰りですかな？」

「ああ。お陰様で、気分がすっきりしたものでね。——ツカサ」

出口に向かうアスモデウスが、私の名を呼んだ。つい、「はいっ」と背筋を伸ばしてしまう。

「君のお陰で、自身を省みるきっかけが出来た。感謝をしているよ」

「そ、それは何よりです……」

私は、恐れ多さのあまり、縮こまって頭を下げる。

「アモン侯爵も。長年、吾輩に愛想を尽かさずに見守ってくれたことを、感謝しよう」

「恐縮ですな」

亜門は優雅に一礼する。私には、この度胸も気品もなかなか身に付かない。

アスモデウスは軽く帽子を持ち上げて別れの挨拶をすると、木の扉のノブに手をかけようとする。

だが、ノブが回るのが早かった。

「ん？」とアスモデウスが首を傾げる。

「アスモデウス公、お下がりください！」

亜門が叫び、アスモデウスが反射的に避《よ》ける。その瞬間、嵐《あらし》のような勢いで、扉が開いた。

「御機嫌よう！　本の隠者とその友人と――なんだ、アスモデウスもいたのか」

「……ああ。吾輩の片手で数えられるほどの苦手なものの一つが来た……」

アスモデウスは露骨に顔を顰《しか》める。カメムシの大群に遭遇したら、きっとそんな顔になることだろう。

扉から飛び出して来たのは、目が覚めるような青い髪の青年、コバルトだった。彼の大きな声が、しんみりとした空気を吹き飛ばしてしまう。

「吾輩は城に帰る。そこをどいてくれないか」

「断る！」

コバルトは無駄に胸を張って、扉を閉めた。

「新作のシルクハットが出来たところでね！　その祝いにケーキも作ったんだが、二柱と一人では食べ切れないほどの大きさになってしまったんだ！　そこでミタニも呼ぼうと思ったんだが、丁度《ちょうど》いい。アスモデウスも入れてやろう！」

コバルトは、アスモデウスの腕をむんずと掴む。アスモデウスは、断るのも面倒くさいのか、最早、明後日《あさって》の方を向いていた。

「待っていたまえ！　シルクハットはケーキと共に披露するからな！　アモンは、人数分の珈琲を淹れてくれ」

「はいはい。承知いたしました」

亜門は苦笑まじりで了解する。

「ツカサは、ミタニを呼んで来てくれ！」

「えっと、休憩時間中ならば……」

私は携帯端末を取り出す。三谷は私と違って、ちゃんとした書店で雇われている従業員なので、ケーキを食べるために、いきなり抜け出すのはまずい。

「で、アスモデウスは――」

「吾輩は、待つ係だ。さ、宴《うたげ》の準備をしたまえ」

アスモデウスは、先ほど座っていた席に、ちゃっかりと腰掛ける。「手伝わないなんて、ずるいぞ！」とコバルトは子供のように頬《ほお》を膨らませていた。そんな様子を、亜門はカウンターの方から微笑ましげに眺めている。

こうして見ると、彼らが魔神だとは思えなかった。私達と、何ら変わりがない者達のように見えた。

（そうだ。出自も価値観も種族も違うけど、僕達も彼らも、笑うし悲しむ。だからきっと、変わらないんだ……）

私の胸に、湧き上がってくるものがあった。

この想いを、誰かに伝えたい。だけど、声が届く範囲は限られていて、もどかしい。

そんな気持ちを必死に抑えようと、私は胸を擦る。それでも、一度ついた火は、なかなか消えることは無かったのであった。

本書はハルキ文庫の書き下ろし作品です。

Haruki Bunko
ハルキ文庫

あ 26-6

幻想古書店《げんそうこしょてん》で珈琲《こーひー》を それぞれの逡巡《しゅんじゅん》

著者 蒼月海里《あおつきかいり》

2018年3月18日第一刷発行

発行者 角川春樹

発行所 株式会社角川春樹事務所
〒102-0074 東京都千代田区九段南2-1-30 イタリア文化会館

電話 03(3263)5247(編集)
03(3263)5881(営業)

印刷・製本 中央精版印刷株式会社

フォーマット・デザイン 芦澤泰偉
表紙イラストレーション 門坂 流

ISBN978-4-7584-4151-3 C0193 ©2018 Kairi Aotsuki Printed in Japan
http://www.kadokawaharuki.co.jp/[営業]
fanmail@kadokawaharuki.co.jp[編集]　ご意見・ご感想をお寄せください。

幻想古書店で珈琲を

大学を卒業して入社した会社がすぐに倒産し、無職となってしまった名取司《なとりつかさ》が、どこからともなく漂う珈琲の香りに誘われ、古書店『止まり木』に迷い込む。そこには、自らを魔法使いだと名乗る店主・亜門《あもん》がいた。この魔法使いによると、『止まり木』は、本や人との「縁《えん》」を失くした者の前にだけ現れる不思議な古書店らしい。ひょんなことからこの古書店で働くことになった司だが、ある日、亜門の本当の正体を知ることになる――。切なくも、ちょっぴり愉快な、本と人で紡がれた心がホッとする物語。